U0488617

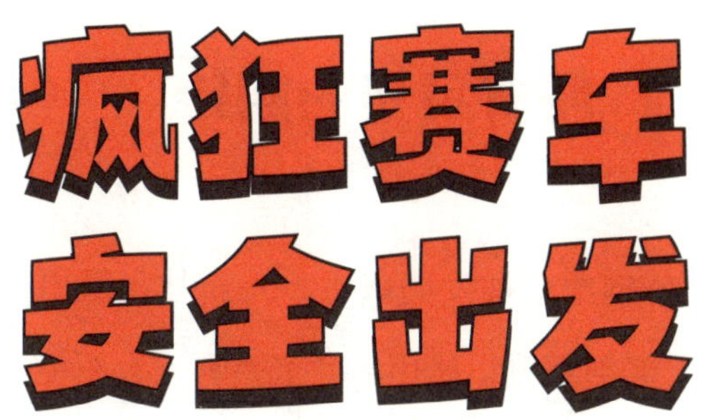

疯狂赛车 安全出发

[韩] 韩净英 著 [韩] 金淑镜 绘 李梓萌 译

中信出版集团 | 北京

科学家有话说

所有司机的期待

汽车自 19 世纪末被发明以来，其新技术层出不穷。步入现代，为了保护环境，使用电、氢燃料、太阳能等新能源的环保汽车问世。特别是美国的电动汽车品牌特斯拉掀起了热潮，全球电动汽车的销量也在增加。为减少交通事故，提高安全性，各种智能汽车技术也处于研发阶段，能够让司机变成乘客的自动驾驶汽车目前备受期待。

本书中梦想成为赛车手的主人公蔡莉参加虚拟现实（VR）赛车比赛，在游戏中体验了各种汽车。在第一项任务中，她遇到了一辆外观奇特的汽车，那是奔驰公司创始人卡尔·本茨的夫人驾驶过的汽车，也是在 1888 年，全世界第一辆成功行驶了 194 千米远途的汽车。看着选手们驾驶着长得像马车一样的汽车完成任务的过程，就能体会到现在的汽车多么高级。在第二项任务中，主人公亲身体验现代汽车技术和交通文化。在第三项任务中，主人公体验了自动驾驶汽车。通过自动驾驶汽车，能够了解到未来的汽车工程学环境，比如，了解相当于人眼的各种传感器的重要性，查找适合自动驾驶的智能道路，等等。蔡莉的爸爸因为一场交通事故而伤了腿，而她也因此对未来的职业有了新的期许，期待自动驾驶汽车能够成为交通弱势群体的良好交通工具。

许健洙

韩国汉阳大学未来车辆工程教授

要不要和我共绘梦想呢？

小时候我有一个小小的梦想：开着炫酷的小汽车，从首尔出发直到法国。我想跨过鸭绿江，横穿中国，穿过中亚的沙漠，沿着地中海，然后路过巴黎，看一看大西洋的日落。

什么样的炫酷小汽车才能实现我的梦想呢？

要走那么远的路，首先汽车得结实吧。因为偶尔遇到雪天或是风沙天，路途会变得艰险。汽车的所有零件都必须经得住这些天气的考验，千万别忘了，汽车是非常复杂且精密的机器，只要有一处异常，旅行过程中就有可能出现大问题。

其次，也得舒适。因为旅途不是一两天，有可能走上几十天，甚至几百天。坐着不舒服的小汽车，人很快就会变得疲惫烦躁。万一再生个病，那梦想就要破灭了。

其实不止我一个人有这样的梦想，这大概是所有人的梦想吧。为了安全快速地到达任何地方，工程师们不断地研究、改进汽车，每次都在挑战不可能。正因如此，过去不可

或缺的司机得以从“驾驶”之中解放出来。虽然还有很多课题待解，但是全球多家汽车公司已经推出各种搭载自动驾驶功能的汽车。相信在不久的未来，能自动安全行驶至目的地的汽车就会普及。

所以，我又有了一个梦想，那就是把驾驶的任务交给汽车，我在车内看电影、读书，或者和家人朋友聊天儿。啊，如果还能简单地做个饭就再好不过了，可以做个我喜欢吃的辣炒年糕。

要不要和我共绘梦想呢？那就按下启动键，一起出发吧！

韩净英

目录

1

出发

自动驾驶模式

探索路线

啊，我的维纳斯

嗡——

踩下油门的瞬间，汽车发出一声巨响，在倾斜的山坡上疾驰而去。到达山顶时，汽车腾空而起。

一，二，三，四，五！

数完五个数，汽车就着了地，晃动颠簸起来。蔡莉轻踩刹车，把方向盘向左打。这时，汽车向右倾斜，在弯道地带危险地旋转了90度。稍有不慎，汽车就可能撞上右墙或翻车。

但是蔡莉不想再减速，这是赶超领先的72号汽车最后的机会。72号汽车肯定也会在弯道减速，所以即便危险，蔡莉也没再踩刹车，而是继续飞驰。汽车几乎要向右倾倒，蔡莉尽量将身体左倾，好在汽车安全地转了弯，72号汽车就在眼前。

就是现在！蔡莉再一次踩死油门，轻松超越72号，飞驰而去。在那前面，她看到了横在马路上方的指示牌："终点线"。

蔡莉轻松地通过了终点线，摇下了驾驶座的玻璃窗。

"姜蔡莉！姜蔡莉！"

她听到了无数观众的呐喊声。赛车场上响起了播音员的声音。

"姜蔡莉选手获胜！真了不起！作为最年轻的女赛车手参赛，并且获胜！"

蔡莉从汽车上跳下来的瞬间，欢呼声更加沸腾了！几十名记者朝蔡莉拥过来，不断拍照。超多相机闪光灯直闪，即便是戴着墨镜也睁不开眼。蔡莉稍微闭了下眼。

这时，有一个人拽了一把蔡莉的胳膊。

获胜！

“同学，麻烦让一下。”

她睁眼一看，发现这不是汽车赛场。前方有一辆红色汽车在灯光下闪闪发光，车旁边是摄影记者在给车拍照。有一个记者冲蔡莉打手势，示意她让开。拽她胳膊的人是韩周。

“啊！”

蔡莉突然感到羞愧。眼前这辆红色的汽车实在是太漂亮了，所以她刚才不由自主地陷入了想象。蔡莉赶紧后退，但视线却无法从那辆汽车上移开。车身曲线如同荡漾的水波般流畅，前照灯就像猛兽盯着眼前猎物的眼神般强烈，总之这车真是让人无可挑剔。

这辆红色汽车是蔡莉最喜欢的“维纳斯”。它以古罗马神话中女神的名字命名，去年它的造型图被公开后就大受欢迎，蔡莉也一眼就相中了。她把维纳斯的照片从汽车杂志上剪下来，贴在了桌子上，后来还找到了一模一样的维纳斯迷你模型，只是现在妈妈把照片和模型都没收了。

“以后我要开着这种车参加真正的比赛！”

无论是第一次看到维纳斯汽车照片时，还是来到汽车博览会现场亲眼看见它时，蔡莉的想法都始终如一。亲眼见到后，她觉得它比照片更炫酷，所以才突然陷入了不着边际的想象之中。

“你怎么了？哪里不舒服吗？”韩周眨着大眼睛问道。

“啊，没事！现在我们要去参观什么？去那边看看？”

蔡莉赶紧转过身。在众多参展车之中，有一辆银色的汽车也十分抢眼，但韩周又抓住了蔡莉的胳膊。

“蔡莉，我们不能再逛了，现在出发去补习班都不一定来得及了！”

蔡莉一看时间，现在确实得走了。本来一大早从家里出来的时候，就和妈妈说是去参加朋友的生日派对，然后去补习班。当时妈妈提醒她："你要是又说谎，去网吧玩赛车游戏，我可饶不了你，以后别想要零花钱，也别想出门了！"

但是妈妈越不让，蔡莉就越想那么干。其实她不该对汽车感兴趣的原因还有一个，那就是爸爸。

"呼！"

蔡莉停在原地叹了一口气。"应该是没办法说通妈妈吧。"她想，然后就转过了身。

这时，身后传来了略微夸张的女广播员的声音："现在旁边的展厅正在进行明年下半年上市的新款维纳斯汽车的试乘活动。新款维纳斯在原来精致的外观上添加了最先进的功能，比任何汽车都更具乘坐舒适感和稳定性。只有十组人员可以试乘……"

一听到这个广播，蔡莉迅速转身，向新款维纳斯汽车展厅方向跑去。脑海中浮现的妈妈的模样已经消失了。穿过人群时，她撞到了三四个人的肩膀。

"蔡莉，你去哪儿啊？"韩周一边追一边喊。

蔡莉头也不回地往前跑，总算在试乘区旁边排上了队，在她前面已经有将近十个人排队等着了。

“应该能轮到我们吧？不会轮不到吧……”蔡莉向追上来的韩周问道。

“哎哟！真是拦不住你。补习班那边怎么办啊？”韩周一脸无奈。

“广播不是说可以亲自试乘维纳斯嘛，这次的新款可是自动驾驶汽车，千载难逢的好机会啊！”蔡莉不由自主地提高了嗓门，站在前面的叔叔咧嘴笑了。

蔡莉往后面一瞥，排队的已经多了十几个人。就在这时，一个貌似初中生、身材瘦削纤长的男生，悄悄地插到了前面。

“喂，你这是干吗呢，看不见在排队吗？”蔡莉气愤地大喊。但是那个高个子大哥装作没听见的样子。

“因为那个大哥，我们好像排不进前十了。”

听了韩周的悄悄话，蔡莉更气愤了。

“快让开！到队伍后面好好排队。”

这时前面的叔叔也帮蔡莉说话：“就是，你得遵守秩序呀，想试乘的人这么多呢。”

听了这话，高个子的大哥就退到了后面。往后走的时候，他斜着眼睛狠狠瞪了蔡莉一眼。

“哼！”蔡莉冷笑了一声。

又等了 30 分钟左右，戴着红色帽子的讲解员走了过来。蔡莉和韩周一起上了车，蔡莉坐在副驾驶座，韩周坐在后座。讲解员坐在驾驶座上，按着仪表盘和方向盘上的各种按钮。

“请系好安全带，我们要出发了！”

蔡莉赶紧系好安全带。讲解员确定两个人都系好了安

全带后，按下驾驶座上的绿色按钮。然后，伴随着微弱的声响，汽车启动，很快就出发了。蔡莉心跳加速，脸也变红了。

“天哪，我竟然坐上了维纳斯汽车，还是新款！”

蔡莉还是觉得难以置信。这时，座椅靠背传来蠕动的感觉。

“啊！”蔡莉吓了一跳。

讲解员咧嘴一笑，骄傲地说道：“靠背里面有感应器，会根据乘客的体形调整座位倾斜度。新款维纳斯汽车不仅

考虑了司机的感受，也考虑到了同乘者的乘车感。”

汽车从展台旁边驶出了展厅，在画着红线的道路上缓缓行驶，一到拐弯的地方，风挡玻璃上就显示出转弯角度，适合转弯的速度也以黄色文字形式呈现。不仅如此，汽车左转时如果靠近了右边的路障，就会出现红色警报标志。

“哇！”韩周在后座发出感叹。

“不知道你们有没有注意到，新款维纳斯是自动驾驶汽车，到处都安装了可以预知危险的传感器。”

“传感器？是像自动感应灯之类的吗？”

“原理差不多。就像人一出现，自动感应灯就会察觉然后亮灯一样，汽车的传感器会提前分析危险因素，向电脑发出信号，然后在屏幕上显示出来。特别是探测司机可能错过的死角处的危险因素，提前通知他们。”

“啊！那爸爸倒车时，汽车发出哔哔的警报声，也是传感器提前感知到车尾可能会碰到什么，然后发出的信号吧？”

“把前面的玻璃当作电脑屏幕使用也好酷啊！”

“酷吧？这也是新款维纳斯汽车的优点。提示信息颜色过深的话会影响开车，所以提示信息出现得快，消失得也快。除了这些，这款维纳斯汽车还有更多的功能。”

“都有什么功能呀？”

“先从驾驶座开始说吧。看仪表盘，各种控制装置布置得非常严密，就是为了我们能够一眼看到它们。有些功能，司机在紧急情况下是可以用语音指挥操作的。”

“嗯？用语音操控吗？”

“是的。在紧急情况下，比起用手操作机器，用语音发布指令不是更快嘛！比如……停！”

讲解员讲解到一半，突然喊了一声。这时汽车吱的一声停了下来，大家的身体微微颤动了一下。

“哇哦，好厉害呀！”

蔡莉双手竖起大拇指。

“看样子你真的特别喜欢汽车啊！你叫什么呀？”讲解员笑着问。

“她叫蔡莉，我是韩周。她的梦想就是成为一名赛车手！”

“噢，好酷呀！所以你才对汽车这么感兴趣呀。看你这么仔细观察汽车的里里外外，也不难猜！”

“她说要去参加世界一级方程式锦标赛呢。”这次也是韩周回答的。蔡莉想补充两句，但又有些害羞。

“其实也没什么……”

“很了不起了！要是我爸爸不反对的话，我也想当一名赛车手来着。”蔡莉支支吾吾的时候，讲解员说道。

“真的吗？蔡莉也……”

“哎呀，已经到终点啦。来，安全下车吧！”

韩周话还没说完，试乘服务就结束了。蔡莉下了车，又看了一遍汽车的外观。这车真是无可挑剔。

“有机会再来玩儿！蔡莉，加油呀！”讲解员微笑着说道。

蔡莉听了这句话开心起来，但是韩周突然用力拽了拽她的胳膊。

“知道啦！现在去还不行嘛！”

蔡莉还以为韩周又催着她去补习班呢，所以非常不耐烦。可回头一看，韩周正用手指着一个方向。

“那边那位，是不是你爸爸啊？”

“什么？”蔡莉赶紧往那边望。在北侧入口处熙熙攘攘的人群中，有一辆轮椅。

“天哪！是我爸爸！”

爸爸一边和推轮椅的人聊天儿，一边慢慢向挂着“自动驾驶汽车特别展厅”横幅的地方移动。

“走吧！”要想避开爸爸，只能再往里走。蔡莉穿过人群，到处乱窜。

“我爸爸为什么来这里呢？”

蔡莉歪着头，不停地回

头看。但她身边都是人，看不到爸爸的身影了。

“爸爸是不是也像妈妈一样，不希望我喜欢汽车？可既然这样，爸爸怎么还来参观汽车？”

蔡莉有点儿被爸爸背叛了的感觉。

“蔡莉，往这边走就是东边出口了。”韩周指着前面。

第一届
综合任务赛车大赛
欢迎大家参加这
场全世界最不同
寻常的赛车比赛

蔡莉匆忙快走几步，又停了下来，因为她看到了东边出口旁悬挂着的巨大横幅上的内容。

蔡莉在原地踮着脚尖望了半天，她特别喜欢那幅宣传画，画上是拿着头盔、戴着护目镜的赛车手们。最前面的选手尤为抢眼，她戴着墨镜，单手拿着头盔，面带微笑。她身穿红色皮夹克，紧闭嘴唇的样子与其说是漂亮，不如说是英姿飒爽。

韩周在旁边插了句："那个选手和你挺像。"

这家伙眼还挺尖。蔡莉知道他是为了哄自己开心才这么说的，但蔡莉就好像真的成了那个选手一样，耸了耸肩膀。

韩周跟上来嘟囔道："那个是什么比赛啊？竟然说是'全世界最不同寻常的赛车比赛'，感觉比其他比赛更特别啊。"

蔡莉也这么觉得，莫名有些兴奋。

汽车的构造是怎样的呢？

汽车大体上可以分为车身和底盘。车身是指汽车内部和外部的基本形态，底盘是指汽车发挥各种性能所必需的装置。下面以轿车为例。

车身

轿车的车身一般制成能减少空气阻力的形状，因为空气阻力越大，越妨碍加速。要想把空气阻力降到最小，必须将车身前部制成曲线，越往后越要制成尖尖的形状，因此大部分的轿车都是设计成流线型。车身大体由人乘坐的空间、发动机舱 、后备厢组成，具体有保险杠、引擎盖、前照灯、座椅、车门、窗户、雨刷器、天窗等组成部分。

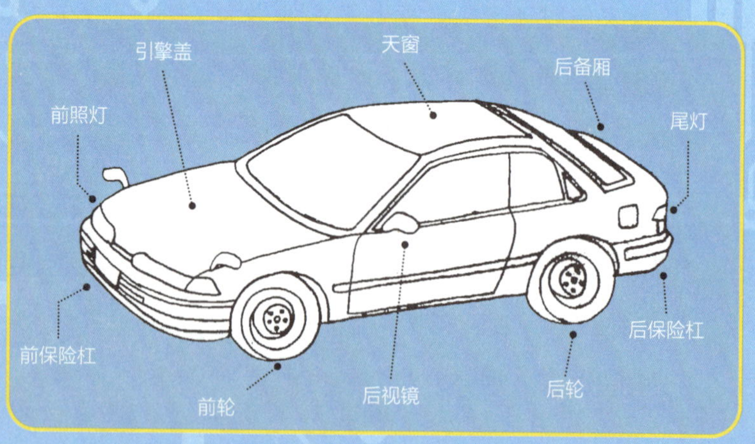

底盘

燃油汽车的底盘大致有发动机、传动系统、转向系统、制动系统和悬挂系统。发动机是为汽车提供动力的装置，使用汽油、柴油燃料等。传动系统的作用是将发动机产生的动力传递至车轮，包括离合器、变速器等。转向系统是保持驾驶员行驶方向的装置，有方向盘、转向齿轮等。制动系统是汽车减速所需的装置，常说的刹车就属于这部分，分为驾驶时使用的行车制动器（脚刹）和维持汽车静止状态的驻车制动器（手刹）。悬挂系统是使轮胎紧贴地面，同时缓解汽车从路面受到的冲击的装置，由弹簧和减震器构成。一般来说，首先由弹簧减轻汽车晃动，缓冲冲击，然后再由减震器减震，汽车的乘坐感就取决于这一系统。

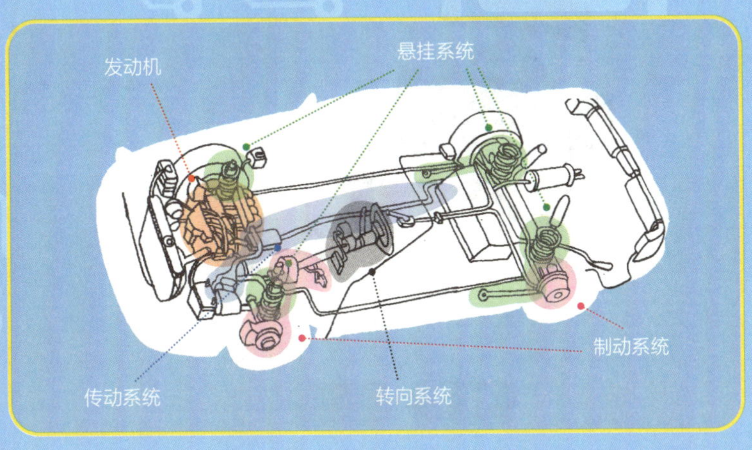

2

出发

自动驾驶模式

探索路线

第2章

消失的梦想

“咦？那个车我在小区没见过啊！”

蔡莉穿过107栋楼前的停车场，在蓝色卡车旁边停放着的轿车前突然停了下来。可能是因为它比一般轿车小，再加上旁边还有大卡车，所以像是个牵着妈妈手出门的小孩。车身是闪闪发光的银色，还有红色的带子环绕在汽车下端，看起来既干练又可爱。

“可这是什么……啊！”

蔡莉看到油箱盖那边有电插头的图案，点了点头，原来是电动汽车。只从网上看见过的车，现在竟然亲眼看到了，真是神奇。

“最近电动汽车多了不少，我为什么一直没看见过呢？”

蔡莉干脆把手中的塑料袋放在地上，想要仔仔细细地观察一番。驾驶座和副驾驶座边各有一扇车门，往汽车内部一看，只有两个座位，座位上铺着粉红色的坐垫，特别小清新。

“真想坐上去感受一下。”

这时，不知道从哪儿传出喊她的声音。

“姜蔡莉，你在那儿干吗呢？说了让你赶紧回来，怎么又在奇奇怪怪的地方分神？”

蔡莉环顾四周，没看到人，往上一看，原来是妈妈正在阳台上喊。

“知道啦。这就回去，马上回去了。”蔡莉抬头冲三楼回答。

这时，蔡莉才想起来自己是出来跑腿的。对呀，刚才为了欣赏停在便利店前的红色汽车，已经浪费了很长时间，因为一看到那辆汽车她就想起了前几天坐过的维纳斯汽车，所以怎么也迈不动腿。蔡莉赶紧拿起装着豆腐的塑料袋走进单元门。她本来想坐电梯，但还是顺着楼梯跑了上去。

一打开门进去，就看见妈妈以双手抱胸的姿势站在厨房里，她虽然没再唠叨，但光看表情蔡莉就心领神会了。

“你真的要一直这样吗？”妈妈可能是想说这种话吧。

蔡莉把豆腐放在餐桌上，赶紧转身，瞟了一眼正在看书的爸爸，然后进了房间。

呼！

蔡莉一关上房门就长舒了口气，然后瘫坐在椅子上，眯了一会儿。书桌前的墙壁今天显得格外空荡。直到一年前，墙上还贴满了各种汽车照片，其中有著名赛车手的照片，也有蔡莉和妈妈一起乘坐炫酷汽车的照片，但是现在一张都没有了。

桌子上书架最下面的一格也是空着的，原来这里放着很多汽车的迷你模型，还有印着汽车公司标志的杯子、汽车贴纸、圆珠笔等纪念品。爸爸在汽车博物馆买来的汽车模样的铅笔刀，现在已经被兔子模样的铅笔刀取代了。

把所有东西都收得一干二净的人，是妈妈。

她一边说着“汽车不行！”，一边把贴在墙上的照片和海报都撕了下来，那时爸爸车祸受伤后出院还不到一个月。妈妈甚至撕掉了蔡莉在汽车博物馆模仿赛车手照的照片，然后对蔡莉说：“你以后别再提要当什么赛车手，也不许提汽车，绝对不许再提。”

从那以后，蔡莉不能说与汽车有关的话，也不能玩赛车游戏。走在路上，想多看一会儿汽车，妈妈就催她把头转回来；有事情要出门去办，只要路程不是特别远，妈妈就让她走着去。

蔡莉几乎没有违抗过妈妈的话，因为她觉得事情到了这个地步，也许自己也有错。

“是啊，如果那时候没出车祸……如果我没缠着爸爸……”

蔡莉低下了头，没再往下想。

这时手机震动了，是韩周发来的信息，但是蔡莉却不

怎么高兴。看着空荡荡的屋子，她心里只觉得冷清，所以什么都不想做。可手机却震动个不停。

蔡莉只好看了一眼信息。

我从我哥那儿借了遥控小汽车，一起玩不？

“哇！”

蔡莉忍不住尖叫，她已经期待很久了。蔡莉迅速拨通了电话。

“真的吗？怎么借的？我也可以玩吗？”

“当然可以啦，咱们这关系还用说？”

“现在可以去找你玩吗？”

“可以，30分钟后我们在纛岛站见，汉江岸边的赛场，你知道在哪儿吧？”

韩周说话的工夫，蔡莉已经拿起外套走出房间，看了一眼阳台窗前坐在轮椅上的爸爸的背影。看着爸爸的样子，蔡莉鼻尖一酸。出院后爸爸总是那样坐着，她突然想起前几天汽车博览会上的事。

“爸爸那天不会看见我了吧？”

不过如果看见了她，爸爸不会视而不见的。因为妈妈折腾着把蔡莉房间里有关汽车的物件都收走的时候，爸爸也没有帮忙劝说。

“可是爸爸为什么去汽车博览会呢？”

虽然充满疑问，但蔡莉还是直接跑了出来。她从家里出来后，一口气跑到了地铁站，匆忙下了台阶，站在站台边等候。

这时裤兜抖动了起来，蔡莉从兜里掏出手机一看，是妈妈发来的信息：“你不会又去网吧了吧？你要是再把心思放在乱七八糟的地方，我真的要生气了。”

蔡莉没坐上刚到的地铁，在原地踌躇。

“唉，真是的！”

蔡莉不由得叹了一口气，既对妈妈的行为感到郁闷，又能理解妈妈为什么做到这个地步。她努力不去想，但那时候的事总是浮现在脑海中。

爸爸原来是个出租车司机。每次蔡莉问“爸爸为什么当出租车司机呀”，爸爸就回答“因为喜欢汽车呀”。在蔡莉看来，爸爸确实喜欢汽车。虽然爸爸的出租车非常老旧，但爸爸对它爱护有加。只要一有时间，他就会把汽车内外擦得干干净净，并钻到汽车底部进行检查，所以爸爸的汽车无论在何时何地都能顺利行驶。车内也总是很干净，散发着香味。

每到休息日，他就会去汽车展厅，边看新推出的汽车边拍照。只要有像小孩一样招人喜欢的汽车模型，爸爸就会一一买下，他还会剪贴汽车照片。蔡莉还小的时候，爸爸就给她看这些攒下来的东西，尽管小蔡莉听不懂，但爸爸依然一脸自豪地向她介绍。随着蔡莉长大，这些宝贝都归了她所有。

也许是受了爸爸的影响，蔡莉超级喜欢汽车。她喜欢和爸爸一起乘坐汽车，欣赏沿途的好风景，也喜欢观察身边的汽车，猜车型，就连大大小小的汽车模型，她也爱不释手。

蔡莉经常想象开着炫酷的汽车在无边无际的道路上飞驰。有一天她无意间说了一句“爸爸，我也想开车”，爸爸就在蔡莉生日那天送了她一辆遥控小汽车。遥控小汽车

是无线操控的汽车模型。虽然能看出来油漆脱落，有些老旧，但爸爸手巧，给它涂上了油漆，使它看起来就像新的一样。

在爸爸手中“重获新生”的遥控小汽车是一辆黄色的、车身有红色横线的赛车，引擎盖和驾驶座那边的车门上印着数字“33”。一到休息的日子，爸爸就会去汉江岸边或空旷的场地上教蔡莉操控遥控车的方法，但遥控小汽车在一年前被摔得稀烂了。

蔡莉对赛车感兴趣，是从和爸爸一起去观看赛车比赛那天开始的。恰好那天举行了非职业赛车比赛，第七届还是第八届来着，获胜的是一辆大红色的赛车。赛车停下，从车上下来的竟是一位英姿飒爽的姐姐，她穿着银灰色制服，系着飘逸的红围巾。以往的冠军几乎都是大叔或哥哥，这次却令人出乎意料。当看到冠军把墨镜摘下来拿在手上，向观众挥手的瞬间，蔡莉握紧了拳头。冠军姐姐的样子是如此威风凛凛，而且名字还和她相似——韩蔡琳和姜蔡莉。

“爸爸，我以后也要当一名赛车手！”

听到蔡莉的决定，爸爸只是笑了笑，妈妈则是一脸不高兴。蔡莉是认真的。从那天起，她对汽车更着迷了。当

哇 哇
终点
13

时，妈妈也只不过总是唠叨着“你就那么喜欢汽车吗”，但自从爸爸出车祸后，妈妈的态度就变得截然不同。

那天是蔡琳姐姐参加庆州比赛的日子，于是蔡莉缠着爸爸送她去看比赛。爸爸前一天跑出租直到凌晨才回家，劝她以后再去看，可蔡莉不依不饶。爸爸出发前就已经显露出疲惫的神色了，蔡莉假装看不到。如果这次不去，没准儿又要等上几个月。

一出奥林匹克大道，路上就堵得死死的。爸爸开始犯困了，暖洋洋的阳光一照，更加重了困意。也许那个时候就应该和爸爸说回家算了。

过了一会儿，道路逐渐畅通，但又下起了雨。所以爸爸又小心翼翼地试探：“乖女儿，天都下雨了，要不我们回家吧？”

但蔡莉摇晃着爸爸的胳膊，倔强地说今天一定要去。这时，一辆因下雨而打滑的汽车撞上了爸爸的汽车。

嘎！哐！哐！

一阵巨响，蔡莉陷入昏迷，当她睁开眼睛时，汽车是翻着的，爸爸用身体护住了她。多亏爸爸的保护，蔡莉除了额头受了点儿伤之外，其他地方没什么大碍。可爸爸的腿……

蔡莉不想再回忆了。她狠狠地摇了摇头，长舒了一口气。手机又震动了，是韩周的短信："怎么还没来？你坐上地铁了吗？"

蔡莉盯着短信看了半天，然后似乎下定决心，转身想要走出地铁站。她上了一级又一级台阶，手机又震动了，只不过这次不是短信，而是电话。

"还要多久才能到啊？这里人挺多的，一会儿好像就要正式开始比赛了！"

电话一接通，韩周的话就像连珠炮一样不停。蔡莉正想问问现在是什么情况，韩周又开始喊："有怪兽卡车[①]，还有维纳斯。"

"真的吗？"

蔡莉一听到维纳斯就兴奋地走下台阶，走向站台。

"嗯，真的！还有好多我们没见过的汽车，你现在能听到我这边的声音吗？"

电话那头，声音十分嘈杂。

① 怪兽卡车又称巨轮卡车，车轮非常大。——译者注

轰隆轰隆！嗡！嘎！

听到这声音，蔡莉有一种心跳加速的感觉，她赶紧坐上刚进站的地铁。韩周继续实时解说现场的情况。

“比赛好像开始了！哇，那个黑色的怪兽卡车太棒了！车轮超级大！哇哦，即便翻车了也能立刻就起来！”

“嘁！”

蔡莉心里着急，噘起了嘴，在脑海中想象着汽车上坡下坡、你追我赶地疾驰的样子。

蔡莉到达汉江岸边时，赛车比赛好像已经结束了。赛车爱好者协会的人三三两两地聚在一起聊天儿，他们的遥控小汽车停在各自面前。一些和蔡莉同龄的孩子正在跟爸爸学习操控遥控车的方法。

“看见那辆汽车了吧？那辆车刚才拿了第一。”

蔡莉望向韩周指的方向，一眼就看到了那辆黑色的怪兽卡车，车周围聚集了三五个中学生，但是蔡莉对怪兽卡车没什么兴趣。

“维纳斯汽车在哪儿？”

蔡莉虽然仔细地四处张望，但并没有看见维纳斯。韩周看穿了她的心思，说道：“刚才还在这儿呢，可能是走了吧。”

蔡莉虽然觉得遗憾，但也没办法。她观摩着停在韩周脚下的蓝色遥控赛车。

“啊！好久没看见过了！”

爸爸给蔡莉买的遥控车在出车祸的时候坏了，后来韩周偶尔会把他哥哥的遥控车拿出来，蔡莉只是摸过几次，这次拿到汉江边上，也才是第二次。

“给，你拿着吧。”

韩周把无线遥控器递给蔡莉。她赶紧接过来，遥控器就像汽车方向盘，越摸越有手感。蔡莉按了遥控器正中间的白色按钮，结果整个按钮都变成了红色。同时，蓝色遥控车的前照灯闪了两下。接着她按下左侧的前进按钮，汽车向前直行。然后她又按了倒车键，汽车向后嗖嗖地行驶。这种感觉真棒啊！

“你去那边试试。”

韩周指向右边。那边设有简易赛场，蔡莉看到了遥控汽车可以行驶的道路，既有直道，也有急弯道，还设置了各种路障。蔡莉用无线遥控器把汽车开进了赛场，然后开到了赛场左侧的坡道上，赛道尽收眼底，已经有几个人在

练习了。

“出发！”

韩周在一旁呐喊。蔡莉下意识地按了前进按钮，汽车嗖的一下疾驰向前。再用力按按钮，速度就更快了。她交替按着左转和右转按钮操控汽车，躲过了所有障碍物，还炫酷地从山坡上腾空飞跃。由于好久没玩遥控车了，车偶尔会开到路外，有时也会撞到墙壁上，但绕了两圈后，她

就操控得很熟练了。

“哇，不愧是蔡莉，玩得真好啊！”

韩周在一旁称赞，蔡莉得意地耸了耸肩。左边有一位 30 岁左右的叔叔也在努力按着无线遥控器，可他的白色遥控车总是脱离路线，到处乱撞，蔡莉看到不禁笑了。

“嘿嘿！我玩得更好。”

但不知什么时候，蔡莉在一条曲折的道路上向左转，对面出现了一辆怪兽卡车，那是一辆黑色的卡车，四个车轮看上去比车身还大，车如其名，就像怪兽一样。蔡莉隐约看见赛场对面有人在操控那辆汽车。怪兽卡车突然驶入赛车场，在赛道上来回穿梭。过了一会儿，那辆车紧跟在蔡莉的汽车后面。刚开始蔡莉还以为它只是跟车，但怪兽卡车突然使劲挤蔡莉的汽车，使其撞到了边上的墙。虽然没有翻车，但剐蹭声十分清晰。

蔡莉用无线遥控器好不容易控制住快要翻了的汽车，但怪兽卡车的车轮却压上了蔡莉汽车的后车身，接着又推挤蔡莉的汽车。这下汽车啪的一下撞到路障，栽倒在旁边的草丛里。

“啊！不要！”

蔡莉大喊。就在她迅速跑向翻倒的汽车的时候，怪兽卡车压上了蔡莉的汽车，用转动的大车轮一直“蹂躏”它，生生把汽车给弄坏了。

坏事得逞后，怪兽卡车驶上对面的坡道，它的主人就站在那里。

“到底谁这么——”

蔡莉的吼声没了下文。她没想到，山坡上站着的是在汽车博览会上见过的大个子男生。不知道他有什么开心的，站在那里咧嘴一笑，十分得意。

汽车是怎样运行的？

汽车发动机的原理

1. 司机按启动开关。

2. 供电至起动机，发动机（发动机的飞轮）运转。

3. 同时曲轴旋转，活塞开始进行往返运动。在连接曲轴的连杆的作用下，上下往返运动变为旋转运动。

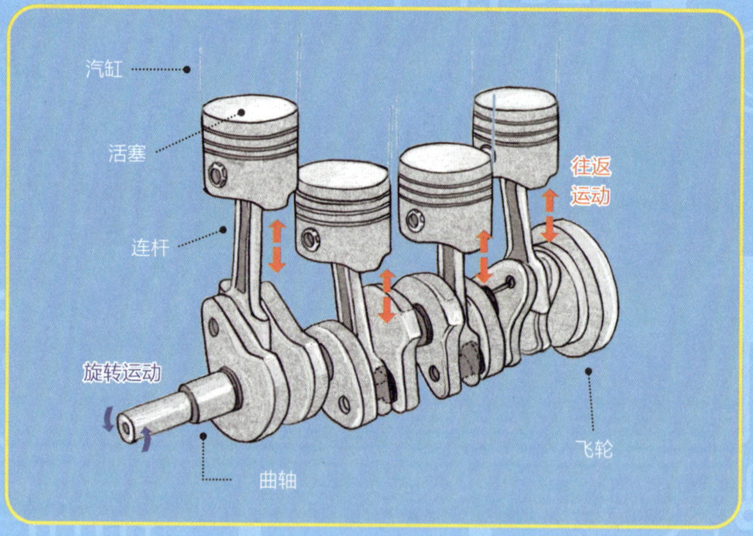

4. 发动机吸进外部空气，当空气充填汽缸时，同时喷射燃料。这样产生的空气和燃料的混合物会随着活塞的向上运动而被压缩。火花塞点火，压缩的混合物被引燃，燃烧产生的力量使活塞向下运动，通过曲轴形成旋转力。

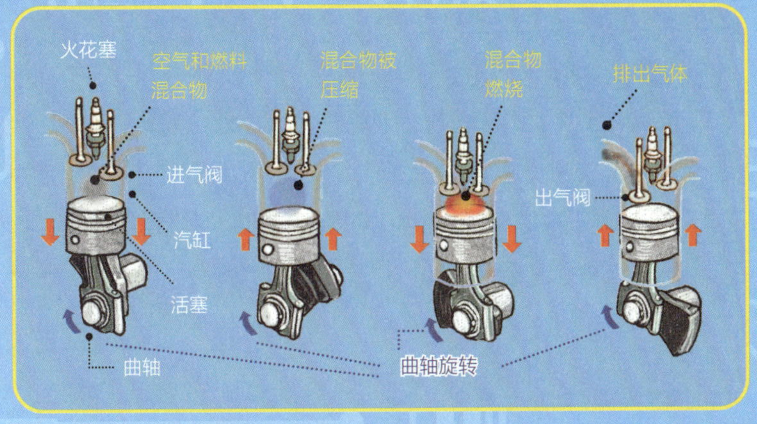

5. 发动机生成的动力传导至变速器，手动挡汽车需要司机调整挡位并松开离合器。

6. 根据司机踩油门的力度，变速器调节转力和转速，向轮胎输送动力。然后汽车就可以出发啦！

环保型汽车的种类

汽车大多使用汽油或柴油等化石燃料。化石燃料产生的污染物会引起大气污染，加剧温室效应。另外，韩国无法生产原油，因此使用化石燃料会给韩国造成不小的经济负担。为了克服化石燃料的局限性，能源和汽车产业领域的科学家们正在努力研发环保汽车，如今日常生活中经常能够看到电动汽车，氢燃料汽车和太阳能电池汽车也在持续研究中。

混合动力汽车

环保汽车领域的第一个成果是混合动力汽车。混合动力汽车兼有内燃机和电动机，根据实际情况可以只使用电动机，这样既能减少污染，又能节约燃料。特别是插电式混合动力汽车，安装了附加电池，短距离可以只利用电力行驶。不过，虽然它比普通混合动力汽车更节约能源，但价格要贵一些。

电动汽车

电动汽车在充电

电动汽车不使用化石燃料，是零污染汽车，而且噪声小，操作简单。特别是与普通汽车相比，电动汽车的零部件数量也少。不仅如此，由于电动汽车的发动机几乎不震动，所以持久耐用，寿命很长。但其缺点是电池容量还不大，不能供远途行驶，充电时间也较长，充电站有限。尽管如此，电动汽车还是目前最广泛地用来替代传统汽车的交通工具，在一些城市的大街上随处可见。

氢燃料电池汽车

氢燃料电池汽车以氢气作为燃料，更准确地来讲，是以氢气和空气中的氧气在燃料电池中反应产生的电力为动力，

环保型汽车充电站

是和电动汽车一样的零污染汽车。与电动汽车相比，其优点是补充燃料时间非常短，只需 5 分钟左右（电动汽车最快也需约 30 分钟），而且可以行驶更远的距离。以目前的技术水平，1 千克氢气能行驶约 100 千米。但到目前为止，不仅燃料电池零件价格高，氢燃料造价昂贵，而且基本尚未配备充氢站，所以在路上很难看到氢燃料电池汽车。另外，为了燃料电池系统的稳定性，还需要大力发展相关技术。

太阳能汽车

太阳能汽车靠太阳能光伏电池板收集太阳辐射能，再将其转化为电能。迄今为止，太阳能汽车已经研发成功，但还未普及。目前太阳能电池板可以单独安装在汽车上，以提高能源效率，或者延长行驶距离。

3

出发

自动驾驶模式

探索路线

第一场比赛

“你真的没问题吗？”韩周盯着蔡莉问。

蔡莉看着面前第一项任务游戏室的大门，没有回答，只是攥紧拳头，点了点头。

她其实很紧张。说实话，蔡莉不知道自己能不能表现得很出色，但还是想尝试一下。如果在比赛中取得名次，有很多好处。蔡莉想获得“青少年赛车手体验学习”的机会。不过如果被妈妈发现，肯定会挨骂，所以蔡莉还是有点儿犹豫。但她下定决心，即便只是为了教训一下毁掉韩周汽车的大个子，她也一定要参加比赛。

在汉江岸边练习操控遥控车的那天，当韩周要求赔偿损坏的汽车时，大个子开始装傻："大家都是在练习，你的车坏了为什么要我赔？"

蔡莉追问他，是不是因为在汽车博览会上不让他插队才故意那样做。然而，大个子说自己记不起来了，让他们不要来烦他。最后他说了句"我没时间应付你们这些小屁孩"，然后就走了。

蔡莉一时冲动，追了上去，可旁边的怪兽卡车挡住了蔡莉的去路。那辆怪兽卡车就像一只愤怒的小狗，似乎马上就要冲向蔡莉，所以她没再跟上去。

但是，大个子有什么东西掉在了地上，是赛车比赛宣传册！蔡莉也从汽车博览会上带了一本回家。她赶紧捡起来仔细一看，宣传册上的报名表格已经填好了。

"姓名：吉周基。学校：林荫道中学八年级……"

正当蔡莉看得仔细时，大个子回来抢走了宣传册。

"噗，你叫吉周基？还真是大个子呢！[①]"

---

① 由于韩语的人名"吉周基"和"大个子"一词发音相同，故主人公蔡莉以此嘲弄大个子男生。——译者注

蔡莉安慰伤心的韩周，并承诺一定会攒零花钱把遥控小汽车修好，然后就回家把宣传册拿出来仔细地看了一遍。

挖掘新一代汽车人才的赛车比赛

本次比赛不是开得快就能获胜，我们将展开前所未有的、全世界最不同寻常的赛车大赛！

- 参赛选手需完成三轮任务才能获胜。

  第一轮（10 月 10 日，赛场 1、2）：前 100 名晋级

  第二轮（11 月 17 日，赛场 2）：前 30 名晋级

  第三轮（11 月 17 日，赛场 1）：决出获胜选手

- 第一轮选手分为 10 个组，请各组选手准时参加。
- 所有任务会在比赛当天，于虚拟游戏室发布。等待各位的，会是怎样的任务呢？

蔡莉歪着头反复阅读宣传册上的内容。

“真的好像是全世界最不同寻常的赛车游戏呢！”

回忆结束，蔡莉又想起了刚才韩周说的话。

“听说参赛的每个队最多可以有三个人，其中大人只能有一个，而且只能参加一次。要是你爸爸能来参赛就好了，是吧？”

蔡莉仔细查看规则，才发现确实如此，还有一句“但大人不能亲自开车”。蔡莉想，如果爸爸在就好了，哪怕就一小会儿。

这时，漆黑的玻璃门缓缓打开。同时，广播通知响起：“最后一组所有参赛者请佩戴各入口处配备的 VR 眼镜进入游戏室。”

蔡莉戴好与常用的不同的、像头盔一样的 VR 眼镜，走进了游戏室。

“嗯？咦？这是什么呀？”

蔡莉一连感叹了两次。游戏室比她想象的要宽敞很多，而且眼前有非常陌生的东西。

“这是什么呀？马车吗？好像不是，是自行车吗？”

乍一看，在教室那么大的游戏室中间，孤零零地放着一个像车子的东西。那东西前面有一个小轮子，后面有两个较大的轮子，中间有一排座位，可以坐下两个人左右，

第一项任务

左边斜立着长长的铁杆，前面也耸立着带把手的铁杆。

“啊，我好像知道这是什么了！虽然看起来不像，但它确实是汽车。”

韩周走上前大声说道。蔡莉一脸莫名其妙，盯着韩周。这时广播再次响起：“请上车，然后等待下一步指示。”

“这真是汽车？”

蔡莉歪了歪头。

“嗯，肯定是，这是由卡尔·本茨制造的世界上第一辆汽车。我之前看过图片，这次亲眼看到，真的很炫酷呢。”

蔡莉觉得很奇怪，但还是骑上了自行车，不，是坐上汽车。座位下面的脚踏板上写着数字“33”。这车怎么看都觉得过于简陋。

“这车，能正常行驶吗？开着这个车怎么参加赛车比赛啊？”

蔡莉始终觉得担心、不安。当听说是用 VR 比赛时，她以为会有像维纳斯一样炫酷的汽车，但这个也差太多了，所以她难免有点儿慌了。这真的是全世界最不同寻常的赛车比赛了。

这时，游戏室的一面墙上出现了蓝色文字提示。

比赛马上开始。

大家现在位于 19 世纪后半叶的德国。

大家必须开着卡尔·本茨的夫人曾经驾驶过的这辆汽车，在规定时间内安全到达任务目的地普福尔茨海姆。

驾驶方法需由参赛选手自行摸索。

如向系统求助，扣 3 分。

就像电影院放映电影时一样，四周一片漆黑，什么也看不见。几秒钟后周围又亮了。

汽车停在古老的洋房前。前面是土路，路边的林荫树沿路排列着。周围是田野，田野上有房屋，也有熙熙攘攘的人群，包括穿着西装的男人和穿着礼服的女人。

“嗯？这是怎么回事？刚才提示上说什么来着，19 世纪？普福尔茨海姆又在哪儿？”

蔡莉一边环顾着周围神奇的风景，一边喃喃自语，然

后回头看看没有回答的韩周。韩周皱着眉头，一副若有所思的样子。

“普福尔茨海姆是卡尔·本茨的夫人第一次驾驶这辆车去的地方。”

“是吗？但现在我们要怎么开动这辆车呢？”

不能一直呆呆地浪费时间。

“你等我一会儿，我之前在书上看到过……”

韩周走到车尾，抓住扁平的圆盘转动起来。大概转了三次，汽车发出了隆隆的声响。

“噢,看样子车是打着火了,现在我们要怎么驾驶呢？”

“旁边的那个铁杆，你把它往后拉一下试试。”

蔡莉按韩周的话，拉动了铁杆。可车没反应。

“那往前推一下试试。”

蔡莉一推，车果然开始移动了。啊，也不是，是让人感觉它在移动。这是蔡莉目前为止玩过的最刺激的虚拟现实游戏。

“哇，这个马车真神奇！咦？这车没有方向盘，要怎么调整方向啊？”

听了蔡莉的话，韩周指着前面的铁杆，说道：“一看这个就是方向盘啊。还有，这不是马车，是汽车，是世界上第一辆汽车！”

蔡莉握住铁杆头上的把手，转来转去。于是，前轮就跟着调整方向。

“好了！现在我们就可以出发了。快！”

蔡莉使劲把左边的铁杆向前推，马车，不，汽车又加快了些速度。

“哇，真的在走了！韩周，你真是个天才！你怎么什么都知道？你不会也想成为赛车手吧？”

“才没有，我说了，我要做人工智能科学家。上次也说过，我是为了教你和汽车相关的知识，才看这些的。”

“真的吗？那对于我需要的一切，你都会教我吗？”

“嗯，当然啦！不用担心！”

这时，不知从哪儿传出了语音提示：“33 号汽车目前是第 25 名。包括之前完成任务的小组排名在内，综合排名是第 89。”

一听这话，蔡莉一下子就打起精神来。每组有 30 队出发，也就是说他们现在是倒数第 6。而且第一轮任务过后只有前 100 队可以晋级，第 89 位的话，就更不能掉以轻心了。蔡莉一心急，就把左边的铁杆使劲向前一推，汽车稍微抖动了一下，但是速度没变。韩周抓住了蔡莉的胳膊。

“不行，如果速度过快的话，发动机会出问题。”

“那你说怎么办？骑自行车都比我们快，这样下去，我们在第一轮任务中就会被淘汰掉了！”

“那也没办法，操作不当的话，车很可能就罢工了。”

“好吧。”

蔡莉十分郁闷，但韩周说得对，他们现在只能这样行驶。就这样，车子翻过了矮坡，又走过了一条偏远的路。蔡莉本来想在崎岖不平的林间小道上能开快点儿，但不知从什么时候开始又出现了上坡路，于是汽车的速度变得更慢了，无论怎么推铁杆，也加不了速。

“哎哟！这个老古董车！”

蔡莉开始不耐烦，而韩周突然从车上跳了下来。

“再这样下去可不行，我们得推车了。我感觉汽车根本没往前走！”

“啊，你是说要推着车走？”

周围的景物果然不是在向后移动，而是慢慢地往前移动着，也就是说汽车在往后滑。蔡莉跟着韩周下了车，在后面推车。这时，向前移动的景物慢慢向后，汽车好像在前进了。蔡莉心存侥幸，把手从汽车上拿开，汽车立即停了下来，很快又开始后退。

“啊！”

蔡莉吓了一跳，赶紧接着推车。推了好久，可还得推。直到他们全身被汗湿透，汽车才到达山顶。

这回到了下坡路，即使不推旁边的铁杆，车也开得很快。

“哟吼！”

蔡莉高呼。感觉就像真的在下坡路上奔驰一样，路两侧的行道树往后退，身体向前倾斜，真神奇。

“蔡莉，太快了。这样下去，一会儿万一撞到行人怎么办？”

周围人开始慢慢多了起来。

“没事儿，都是小场面。”

蔡莉十分自信。准备比赛期间，她玩过很多次赛车游戏，这不算什么，而且如果现在减速的话，很难提高排名。蔡莉咬紧嘴唇，全神贯注，不断避开突然出现的行人。

“啊！啊！啊——”

坐在一旁的韩周尖叫了好几次，尽管如此，蔡莉还是惊险地避开了人群，在下坡路上疾驰。

这时，又响起了语音提示。

“33 号汽车目前是本组第 11 名，综合排名第 67。”

呼——

蔡莉长舒一口气，排名比刚才靠前许多。接下来肯定还有更大的问题等着他们。整段下坡路没花多长时间，人似乎多了些，小城开始渐渐出现在眼前。这时，好端端行

驶到现在的汽车发出噗噗噗的响声，速度明显下降，最终停了下来。

“什么情况？怎么回事啊？是没油了吗？”蔡莉四处张望，小声嘟囔。

韩周赶紧从汽车上下来，往汽车后面走，打开黄色的油箱盖往里望。

“油箱里面一滴油都没有了。”

“什么？那得赶紧找加油站！”

蔡莉又四处张望，面包店、水果店、服装店、皮鞋店、药店、五金店……但是哪儿都没有加油站。即便如此，他们还是认为，既然这是一场比赛，肯定会有加油站。可怎么都看不到加油站的影子。在这个虚拟世界里，只有一辆汽车，没有加油站。

蔡莉从车上下来，向路人询问：“请问您知道在哪儿能买到汽油吗？”

但由于这是用 VR 技术再现的场景，所以他们并不能和场景里的人交流，这些人只是“毫无灵魂”地路过。

“韩周，你快想想办法啊，这样下去我们就要变成倒数第一了！”蔡莉急得大喊。

但韩周不知道在想些什么，站在原地一动不动。

“韩周！”

正当蔡莉想再叫他时，韩周说道：“我去找燃料，你等我一会儿！”

“啊？等一下，你去哪儿？”

韩周不作声，往路那边跑过去，然后在药店门口探头探脑。这时，药店里有一个穿着白色衬衫和蓝色马甲的大叔以全息图像的形式出现了。

“您好，请问有什么需要的吗？”

“我的汽车开不动了，所以……我需要燃料，我需要往油箱里加什么？”韩周结结巴巴地说道。

大叔没有任何反应。

“燃料，我需要燃料。”韩周急得大喊。

可大叔依然没有反应，但在韩周面前出现了五个白瓶子，每个瓶子上都有标记，分别为过氧化氢、溶剂、汽油、硫酸、水银。

“什么情况？看样子这确实是个游戏，太简单了吧！”

说话的同时，蔡莉把手伸向了汽油瓶子。就算不知道别的是什么，可这中间如果有汽车燃料，肯定就是汽油。但韩周抓住了蔡莉的手，因为白瓶子前面出现了新的字：“选错一次燃料，时间减少 5 分钟。”

“嗬！那如果选错两次，时间就会缩短 10 分钟吗？那排名就会下降很多呀！”蔡莉一惊。

仔细思考后的韩周说：“这个年代，肯定不用汽油。”

“是吗？水银的话，太危险，所以肯定也不对。硫酸呢？”

过氧化氢
溶剂
汽油
硫酸
水银

“如果用硫酸的话，汽车会被腐蚀吧？过氧化氢是用来给伤口消毒的，用作燃料也不太合适。”

“那就只剩下溶剂了。”

蔡莉歪着头说。但没有时间考虑了，蔡莉把手伸向了溶剂瓶子。这时全息图消失，药店里摆放着写有“溶剂”字样的白色瓶子。韩周马上拿起它，打开汽车后面的油箱盖，把瓶内的溶剂倒了进去，然后关上了盖子。

“拜托了……”

蔡莉双手合十，随后汽车启动了。还好还好，汽车又发出了隆隆的声音，一推旁边的铁杆，车就又向前行驶了。

“太好了，成功啦！韩周，你可真是个天才。”

韩周憨憨地笑了。语音提示又响起了：“33 号汽车现在是本组第 9 名，综合排名第 35。”

“哇，都是你的功劳！”

蔡莉欢呼，拍了拍坐在一旁的韩周的头盔。

在这次任务中，蔡莉非常感谢她完美的搭档韩周，甚至都有把他抛起来的冲动了。

汽车的历史

发明初期的汽车

早在汽车出现之前，人们就一直在努力制造无须人类或动物的帮助，可以自行行驶的交通工具。

汽车最初是在 18 世纪中期被发明出来的。蒸汽机开始使用后，法国技术人员屈尼奥首次制造出蒸汽机汽车。这辆汽车有 3 个轮子，能以每小时 5 千米的速度行驶，和人走路的速度差不多。屈尼奥的汽车前面挂着一个巨大的水桶模样的发动机，它没有刹车和转向装置，因此造成了人类历史上的第一次汽车交通事故。

1801 年，英国发明家特里维西克制造了一辆带有直径达 3.8 米巨轮的汽车，时速达 13 千米。

约 20 年后，英国伦敦市内出现了一辆蒸汽公交车，这是首次被实际应用的汽车。这辆公交车能坐 22 个人，平均时速是 23 千米。1885 年，德国机械工程师卡尔 · 本茨成功制造出单缸汽油发动机，制造了三轮汽车，并获得专利。卡尔 · 本茨与同一时期取得相似成功的戴姆勒一起被称为“汽车之父”。

蒸汽公交车

梅赛德斯-奔驰的标志和初创时期的汽车

福特的标志和福特“T型”汽车

两人分别创立了公司，1926年，两家公司合并，名为“戴姆勒-奔驰”。该公司生产的汽车叫梅赛德斯-奔驰，其名字一直沿用至今。

1908年，美国福特公司推出了名为“T型”的新汽车，大受欢迎。得益于更低的价格，该款车仅第一年的销量就超过了6000辆。随着批量生产，T型车在英国、德国也得以制造，多家汽车公司都遵循福特的生产方式。多亏了福特公司，汽车才成为所有人都可以乘坐的交通工具。

韩国的汽车历史

1903年，当时的朝鲜王朝出现福特A型豪华轿车。美

始发出租车

始发柴油公交车

国底特律的福特公司生产的这辆汽车是朝鲜国王高宗皇帝的第一辆汽车。当时朝鲜没有人会开车，所以是由一名日本司机开的车。韩国最早开始生产汽车是在 1955 年始发汽车公司成立之后。始发汽车公司参照美国的 300 辆吉普车重新制造了零部件，车身是由油桶展开后制成的。1962 年，新国汽车公司在富平建立工厂，组装日本日产公司的轿车，并开始自己制造汽车。在此过程中韩国还制造了河东焕公交车。朝鲜战争后，河东焕通过拆卸美军留下的废车进行学习，亲自制造出汽车，1966 年出口了公交车。

1970 年京釜高速公路的开通，大力推动了韩国汽车产业的发展，也推动了“一日生活圈”的出现，汽车的重要性

河东焕公交车

进一步凸显。从此，韩国开始建设汽车制造工厂。1974 年，现代汽车公司终于生产出了韩国第一款国产车型“Pony”。在此基础上，韩国生产的汽车数量在 1980 年超过了 50 万辆，1985 年突破了 100 万辆，“我的汽车时代”开启。进入 21 世纪，韩国紧追德国、美国、日本等的脚步，成为世界汽车强国之一。

出发

自动驾驶模式

探索路线

出租车

33

提示

第4章 爸爸遇到这种情况会怎么办呢？

“嗯？”

蔡莉戴着VR眼镜，一进游戏室就深深呼了口气。看到第二次任务要坐的汽车，她手心出汗，口干舌燥，连腿都发抖了。

“为什么偏偏是这种车？”

她没想到，在游戏室等待自己的汽车，是一辆有蓝色顶灯的橘黄色出租车。这辆出租车和爸爸开过的那辆外形一模一样，颜色也一模一样，不过它比真汽车要小。蔡莉不敢轻易靠近，呆呆地看着引擎盖上写着的数字“33”。

“什么情况？这次是什么任务呀，还得开这种车？”韩周在一旁嘟囔。

“你怎么了？不上车吗？广播不是说了让我们上车嘛。”

韩周把站着不动的蔡莉拉了过来。蔡莉咽了一口唾沫，上了出租车，系上了安全带。于是，就像第一次任务时那样，游戏室突然变得漆黑。蔡莉努力让自己怦怦直跳的心安定下来，不断地深呼吸。

她在心里默数了 5 个数，然后睁开眼睛，四周变得明亮起来。环顾四周，常见的乡村风景出现在眼前，一条双车道向左延伸，路右侧有 20 多间房子沿着山坡稀稀拉拉

地排列着，路左侧是田地。

“任务到底是什么？”坐在副驾驶座的韩周喃喃自语。

这时，昏暗的后座上有人出现。蔡莉吓了一跳，回头一看，是一个阿姨和一个与蔡莉同龄的女孩的全息图像。在蔡莉和韩周惊慌之时，阿姨急切地说：“我们要去常青医院，快！我的孩子好像得了阑尾炎！”

“什么？”

听了阿姨的话，韩周更加惊讶，忍不住反问。导航好像听懂了阿姨的话，屏幕上自动搜索到了目的地。随后，导航画面上立即出现了文字。

目的地：常青医院

预计抵达时间：3点20分

现在时间：2点43分

规定抵达时间：3点30分

“啊，原来这就是任务啊！我们要在 3 点 30 分之前把患者送到医院。”

蔡莉点了点头。这时导航画面再次闪烁，出现了以下文字。

出发前是否对汽车进行检查？

是 / 否

蔡莉停顿了一下，又想起了爸爸。爸爸无论去哪儿，在出发前都会仔细检查汽车，最先检查轮胎，然后打开引擎盖检查机油，确认冷却液，再给汽车内部通风换气。

但是现在没有检查的时间，护送乘客刻不容缓，而且出发时间越晚，排名就可能越落后。蔡莉赶紧按了“否”，于是文字消失，导航画面再次出现。

“现在赶紧出发就行了。”

蔡莉一边自言自语，一边迅速检查驾驶座。还好方向盘、各种装置、刹车和油门踏板都与平时玩的游戏赛车没有太大区别。蔡莉按了启动按钮，重新调整呼吸，通过车内后视镜观察坐在后座的两人。女孩流着冷汗很难受，那个样子十分真实，仿佛真的有人坐在后面。

蔡莉挂好挡，轻踩油门，汽车开始行驶。这时，后面的阿姨喊道：“我们真的很着急！麻烦你开快点儿，孩子太难受了。”

听了这话，蔡莉更使劲地踩下油门，汽车快速向前驶去，路两旁的风景嗖嗖地向后退，幸好路上汽车不多，可以再加点儿速。这时屏幕显示的预计抵达时间提前了很多。

但没过一会儿，四周突然开始变得有些昏暗，然后开始下雨，而且雨下得很大。蔡莉只好赶紧打开雨刷器，减缓速度。韩周环顾前方和两旁，说道：“这游戏真的好厉害啊！就像真的下雨了一样。”

蔡莉没有说话，点了点头。真的感觉身临其境。这时，后座传来惊叫声。

“哎哟，我的肚子好疼，啊！”

蔡莉一听，吓得赶紧更用力地踩油门。眼看速度过快，汽车偏了一下。蔡莉赶紧踩刹车，汽车侧滑更严重。

“哎呀！”

蔡莉不由得轻轻尖叫了一声，赶紧把脚从刹车那里挪开，汽车立即回归正轨。蔡莉舒了一口气。

“小心点儿，下雨路滑。”

听了韩周的话，蔡莉咽了口唾沫，点了点头。情况变

得更糟了，一会儿是倾盆大雨，一会儿是毛毛雨，很快又变成了雨夹雪。

“什么情况？再怎么虚拟现实，这也太过分了吧，竟然下起了雨夹雪！”

韩周在一旁嘟囔。雨雪从风挡玻璃那边飘来，就像真的一样。蔡莉怕出什么问题，就踩了刹车，结果汽车像是在光滑的路面上打滑一样，向一边倾斜。加上路上的汽车渐渐多了起来，蔡莉更不能加速，真是进退两难。她看了一眼导航。

预计抵达时间：3 点 15 分。

比规定时间也没快多少，按照这个速度，用不了多久，预计抵达时间肯定会远远超过 3 点 30 分。就这么一会儿的工夫，预计抵达时间就又变成了 3 点 16 分。

“怎么办呢？”蔡莉十分焦急，喃喃自语道。

韩周不知在想什么，突然把导航画面放大，开始到处望。

“你在干吗？”

“近路！一定会有近路的……你看，有近路。如果走这条路，用时能缩短 10 分钟左右。”

“真的吗？”

“嗯，在前面左转！啊，等一下。”

韩周指着前面的十字路口说。十字路口另一边的路上挤满了汽车。

“怎么了？”

“这条近路是土路，地图上显示，在土路尽头再开 200 米就是常青医院。”

汽车在十字路口等红灯，蔡莉需要谨慎地决定，是直行还是左转弯。环顾四周，前方虽然是柏油马路，但车很多，而左边是土路，可能会有潜在的危险因素。

“如果直行，车一直堵着怎么办？后面坐着的孩子可能更危险。可如果盲目开进土路,遇到突发情况怎么办？”

过了一会儿，直行和左转的信号灯都绿了。直行车道上依然有密密麻麻的汽车在行驶，左转车道上空荡荡的。蔡莉一咬牙，紧紧抓住方向盘向左转。

“蔡莉，走这条路真没问题吗？”

韩周一脸担忧地问，但蔡莉回答不上来。既然转了方向盘，就只能相信自己的选择了。

蔡莉驶入土路，轻轻踩下油门。这时，汽车开始咣当咣当响，蔡莉不得不减速。路旁破旧的便利店、餐厅和汽车维修站依次出现。突然，蔡莉在汽车维修站前停下了车。

“蔡莉，你在干吗？都没时间了，你还要修车？”

蔡莉不顾韩周的劝阻，迅速下车。这时，穿着工作服的大叔以全息图像的形式出现了。

“我要走土路，出发之前我想检修一下汽车。”

“如果要走土路，最好把轮胎的气压降低一点儿，把轮毂换成铝合金的。如果后座有人坐的话，换一下减震器比较好。但如果进行检修，参赛者将被扣除 5 分钟，确定要继续检修吗？”

韩周一听这话就急了：“5 分钟？本来就要晚了，还要再减 5 分钟？我还纳闷儿呢，这次怎么这么好心教我们。”

韩周气得跳脚，而蔡莉在他身后对维修员大叔说：“是的，要继续检修，麻烦您快点儿。”

“好的，请往后退。”大叔鞠躬致意。

蔡莉往后退了退，大叔从后面的口袋里掏出了类似电子枪的东西，用它依次射向了汽车的轮胎、轮毂和车内的减震器。绿色激光一照射，轮毂就变了，轮胎气压也调节完毕。

蔡莉重新坐上驾驶座，屏幕显示的预计抵达时间真的增加了 5 分钟。蔡莉赶紧出发，但是感觉有些奇怪。外面和刚才不一样了，雨停了，雨夹雪也消失了，阳光明媚。选了土路后，外面的天气设定似乎发生了变化。蔡莉再次变得紧张，游戏室设定发生变化，意味着不知道会有什么挑战等着他们。

就在这时。

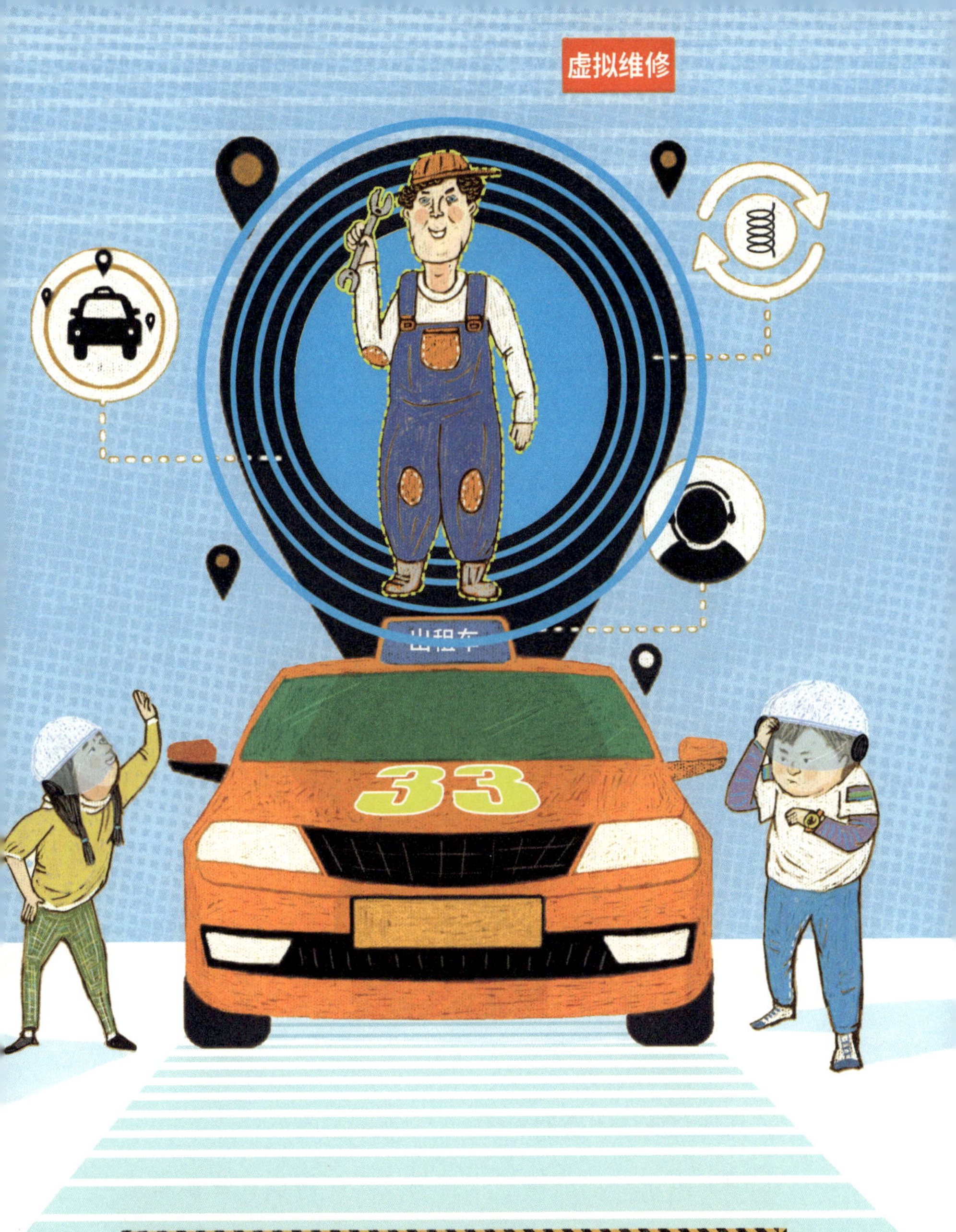

虚拟维修

+ 汽车轮胎降压完成
+ 轮毂已更换为铝合金材质
+ 减震器更换完毕

“啊——呃！”

女孩痛苦的呻吟声从后面传来，而且比刚才更频繁，蔡莉越来越着急了。

“后面的小孩没事吗？路太颠簸了，更难受了怎么办？是不是应该再减速？”韩周担心地问道。

“所以我刚才把轮胎的气压降低了10%，更换了新的减震器。据我所知，减震器能有效减轻汽车的震动。”

“啊哈，原来你是为了后面的乘客才检修的啊。”

“对啊，我不能不加速，可加速我又怕生病的乘客更难受，所以就得尽量让她们坐得安稳。”

“哇，你可真了不起，难怪你没直接开过维修站。”

“因为我想起了爸爸，他在出发前总是会检查汽车。”

“啊，可是为什么要换轮毂呢？”

“土路不是不好走嘛，小石头可能会把轮胎扎破，但如果轮毂是铝合金的，轮胎爆裂也不会变形，所以还能继续往前开一点儿。”

“其他材质的不行吗？”

“嗯，听说一般的轮毂很容易变形。所以如果是普通轮毂，轮胎裂开的话，后果会更严重。”

“这些也都是你爸爸告诉你的吗？”

“嗯，因为我说要当赛车手，所以爸爸跟我说：‘赛车手不光要车开得好，还得知道如何安全地操控汽车。’”蔡莉模仿着爸爸的口吻说道。

“原来你爸爸过去不反对你当赛车手啊。”

“嗯，出车祸之前，他一直很支持我。”

“啊……”

蔡莉这么一说，韩周使劲点了点头，没再说话。

但就在这时，路的左边出现一块大石头，蔡莉迅速把方向盘向右转，避开了石头。

“哦？”

一躲石头，汽车的速度急速下降，韩周摇了摇头。汽车随即停了下来，然后他们感觉到汽车在向后倾斜。蔡莉迅速地踩下油门，但车发出嗡嗡的声音，轮胎打滑空转。韩周赶紧下车，向车后跑去。

“车轮陷进沙子里了。”

“啊，原来如此。”

蔡莉明白了游戏室设定改变的原因。下车一看，车的两个后轮都陷进沙子里了，陷进去的深度大概有一拃。

“怎么办呀？”

蔡莉急得直跺脚。这时汽车前面出现了文字：

需要其他参赛选手的帮助吗？
按下驾驶座前的黄色按钮，
并在键盘上输入其他选手的参赛号码。
求助的机会共有 3 次。

蔡莉赶紧跑过去，按下了驾驶座仪表盘上面的黄色按钮，然后犹豫了一下，随便按了一个数字：29。

随后，导航仪画面上出现了一个男孩，看起来应该是同龄人，他直愣愣地盯着这边，蔡莉赶紧问：“我们的车陷进沙地里了，怎么才能出来呀？”

“什么？沙地？我这边没有沙地啊，我们这条路堵车太严重了，只能在这儿等着。”

他好像真的什么都不知道，表情也很不耐烦。蔡莉又按了一次黄色按钮，这次输入的是 61 号。她心里默默祈祷，焦急地等待着。

过了一会儿，这回只看到了人家的后脑勺。虽然有些不知所措，但蔡莉还是大声喊道：“我们的车陷进沙地里了，请帮帮忙。”

可对方半天没有回应。

“怎么回事？还挺吓人，怎么只能看见后脑勺？”

韩周不知什么时候从一旁靠近，小声嘟囔。可那边依然没有回应。

“好奇怪啊，看样子是听不懂我们说话吧。赶紧输入别的数字，幸运数字 7 怎么样？”

韩周说完，按了 77。这时，画面中出现了一个短发、长脸，看起来像中学生的人。

“啊，怎么是你！”

没想到画面里竟然是大个子，不，是吉周基。

“嘿嘿，小屁孩们，怎么按了紧急求助按钮啊，有什么问题？”

“我们的车陷进沙地里了，怎么才能开出来——”

韩周回答道，可话还没说完，大个子就又说道：“我为什么要帮你们啊？你们要是任务失败，就会在第二轮被淘汰，正好！哈哈哈哈！”

然后蔡莉看见他用大拇指往下一摁，画面就中断了。同时，汽车前出现文字：

> 3 次求助机会全部用完。
>
> 从现在起，必须自行解决问题。

“那个人怎么这样？帮一下怎么了，真是讨人嫌。现在我们怎么办？”

蔡莉也不知道要怎么办，所以没开口。这时后座的阿姨生气了：“为什么不走了？”

语音提示也几乎同时响起：“33 号汽车目前在本组排名第 39，综合排名第 40。”

蔡莉一下子打起精神，第 40 名就不能参加第三轮比赛了。

“啊，我们要被淘汰了！”

韩周也急得直跺脚。

“怎么办呢？如果爸爸遇到这种情况会怎么办呢？”

蔡莉仔细地思考。爸爸一定告诉过她的。爸爸总是唠叨着说：“要想成为赛车手，首先要了解汽车。”而且还总是告诉蔡莉各种驾驶常识。但蔡莉一听这些，总是一脸不情愿，她只是喜欢乘车体验飞驰的感觉。

“唉！”

蔡莉扑通一声坐在地上，韩周也挨着她坐下，递给她矿泉水。蔡莉本来就口干舌燥，她赶紧接过矿泉水，大口大口喝水。

咳咳！

蔡莉喝得太急，呛着了。水从倒下的矿泉水瓶里流了出来，蔡莉看着水渗入沙土，突然一拍膝盖。

“啊，我知道了！”

蔡莉欢呼，赶紧打开了汽车后备厢，里面果然有铁桶和铁锹。

“原来这真的是任务的一部分啊！”

蔡莉把铁桶递给韩周。

“导航上显示，这附近有河沟，你去打点儿水来。”

韩周一头雾水，但还是提着铁桶跑着去打水了。蔡莉拿起铁锹，开始把车轮前面的沙子挖出来。

“怎么回事？是真沙子啊？”

蔡莉惊叹于游戏室的场景布置。左轮陷进去的地方，沙子几乎都被她挖出来了，这时韩周也回来了。

“那边没有真的河沟，不过有两瓶水。”

“是吗？快，赶紧往车轮这边倒水。”

蔡莉把“拯救车轮”的任务交给韩周，然后赶紧坐到驾驶座上，小心翼翼地踩下油门。

“拜托一定要成功！”

轰隆隆——隆隆——

汽车发出轰鸣声，开始移动，蔡莉赶紧继续踩紧油门。

嗡！

汽车发出轻快的声音，顺利地向前行驶。

“太好了！成功了！”

韩周比蔡莉先欢呼。

蔡莉向韩周伸出拳头，韩周高兴地和她碰拳！

“你是怎么知道要这样做的？”

“以前和爸爸去海边玩的时候，车陷进了沙滩里，当时爸爸就是这样做的。”

两人把心思都放在了拯救车轮上，忘记了后座还有两个乘客。

“快点儿！没时间了！”

蔡莉望向后视镜，看到后座的女孩还在捂着肚子呻吟。规定抵达时间是3点30分，导航上标明的预计抵达时间是3点35分，蔡莉尽量避免后座发生颠簸，同时开得很快。当距离目的地还有1千米左右时，规定时间和预计抵达时间一致，都是3点30分。蔡莉一直重复着：“我一定能做到！”

走完土路，重新驶上柏油马路时，语音提示响起：“离规定抵达时间还有 3 分钟，3 分钟过后，车上的患者将面临危险。”

最后的难题就在十字路口，四个方向都有很多车，虽然他们勉强驶入柏油路，但直行方向是红灯，等绿灯就花

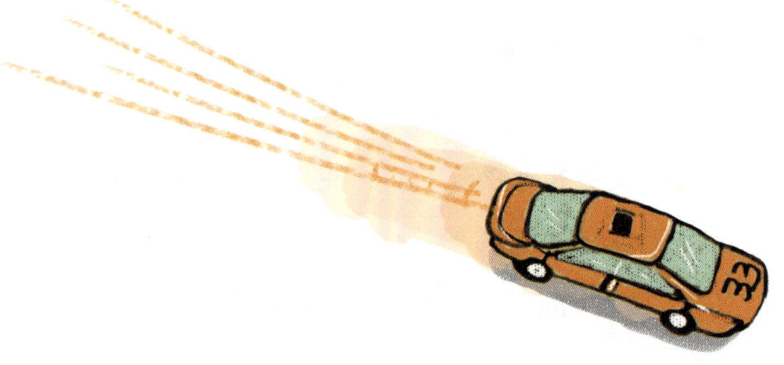

了两分钟。十字路口对面的常青医院就在眼前，如果不等红灯直接开过去，一分钟就能到。

女孩捂着肚子一直呻吟，大妈不断催促，蔡莉也越来越着急，心情十分焦灼。

终于，直行信号灯变成了绿色，前面的汽车开始移动。

“只要通过交通信号灯就到了，再开快点儿！拜托啦！”

前面的车一点一点往前挪，但令人心烦的是，蔡莉正要通过时，信号灯变成了黄色。

“啊，不要！”

蔡莉赶紧踩紧油门，汽车飞速向前行驶，就在信号灯变成红色的瞬间，她通过了十字路口。然后蔡莉向右转动方向盘，一下就开进了常青医院的正门。这时，前方画面上出现以下文字。

任务成功。

但由于比赛过程中闯黄灯，扣 3 分。

第二次任务的本组排名为第 27。

综合排名马上公布。

蔡莉长长地呼了一口气，本组第 27 名会被淘汰吗？综合排名还没公布。蔡莉下了车，擦了擦额头上的汗，心怦怦直跳。

第二次任务：本组第 27 名

刹车和轮胎的科学

汽车刹车的种类

刹车是行驶中的汽车在需要减速或停车时使用的装置。汽车有脚刹和发动机制动，二者以不同的方式来给汽车减速。

脚刹又称主刹车。司机通过踩制动踏板来刹车。车轮内侧有制动鼓和制动盘，鼓式刹车利用车轮和制动鼓内部零件摩擦的方式进行刹车，而盘式刹车的原理是，以静止的制动盘夹住随着轮胎转动的刹车片以产生摩擦力，使车轮转动速度降低。

制动踏板

如果在下坡时过于用力或频繁地踩脚刹，制动鼓或制动盘可能会因过热而无法有效刹车。这时需要使用发动机制动加以辅助。

发动机制动是通过降低挡位来减速，通过降挡，不使用脚刹也能控制汽车的速度。

此外，汽车还有驻车制动器（手刹），主要是在停车时使用。如果主刹车失灵，手刹也可在紧急刹车时使用。

控制发动机制动的汽车挡位

汽车轮胎的种类

汽车轮胎的生产制作十分科学，因为轮胎有很多功能。

轮胎要承受包括车身、乘客和货物在内的所有重量，同时要保证平稳行驶。不仅如此，还要保障停车时不打滑，及时停下。另外，要降低行驶时的噪声，也要保障汽车转弯时，车身稳定不倾斜。

轮胎上有各种形状的凹槽，叫作沟槽，根据沟槽形状的差异，轮胎的功能会有所不同。沟槽呈 V 字形的轮胎排水性好，防滑，便于快速行驶。与之相反，高速客车的轮胎上有粗粗的纵向沟槽，这种轮胎的旋转阻力小，噪声小，适合直行。此外，卡车使用横向沟槽较多的轮胎，虽然噪声很大，但摩擦力较大。要根据汽车的用途，使用不同的轮胎。

那么汽车轮胎为什么都是黑色的呢？这是因为轮胎中掺

高速客车轮胎：
纵向沟槽，噪声小，
乘坐感舒适。

雨天专用轮胎：
V字形沟槽，排水性
好，防打滑。

冬季专用轮胎：
沟槽小，纹路多，
防滑。

卡车轮胎：
横向沟槽较多，
摩擦力较大。

杂着黑色颜料，黑色颜料的黏着力比其他颜料的更强，这样轮胎接触道路时，安全性更高，同时还有助于节约能源。虽然偶尔能看到其他颜色的轮胎，但它们基本上只用于小型汽车。无论使用哪种轮胎，都应考虑安全性。

制动距离

制动距离是指从开始制动到汽车完全静止时，车辆所驶过的路程，此时影响制动距离的有汽车的速度、汽车的重量（包含乘客和货物）、路况、空气的阻力以及轮胎的磨损程度。因此，司机应尽早察觉道路险情，并踩下制动踏板。从驾驶员发现紧急情况，直至踩下制动踏板产生制动作用之时，汽车驶过的距离，称作反应距离。反应距离和制动距离

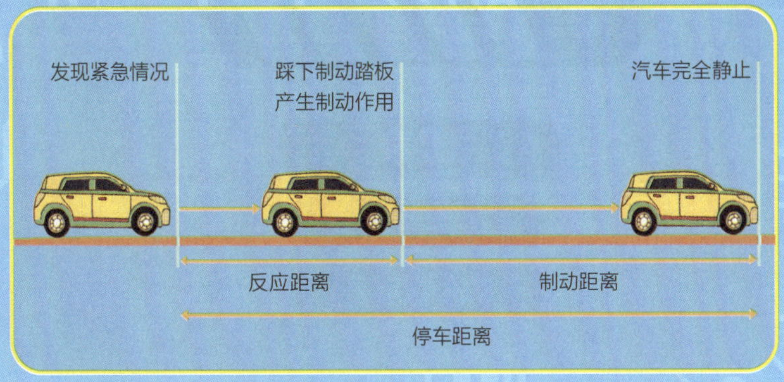

加起来就是车辆的停车距离。如果载客量大或地面湿滑，汽车的制动距离会变得很长，所以行车时要与前车保持适当距离。

5

出发

自动驾驶模式

探索路线

第5章

意料之外的队友

“哇哦，笨蛋兄妹组合也进入第三轮了？”

蔡莉和韩周刚走进休息室，那边就有人冷嘲热讽。那个人穿着贴身的制服走了过来，一看就是那个招人烦的大个子。

“我们不是笨蛋，也不是兄妹！”蔡莉气冲冲地大喊。

“总之，你们貌似是靠着运气好才闯到这关，这次的任务应该没那么容易了哟！”

“哼，还是担心担心你自己吧。”

“我有什么可担心的？你们干脆别参加了，直接放弃算了，反正也肯定会丢脸。”

“不可能，你还是管好自己吧！”这次是韩周反驳了他。

“哎哟，这俩小屁孩……”

大个子举起右手，好像马上就要弹他俩的脑门儿一样。蔡莉和韩周默默地往后退了两步。这时，广播通知响起：“比赛马上开始，请所有参赛者进入自己的游戏室。本次任务是所有选手同时出发，选手可能会在比赛中途被淘汰。”

广播一结束，大个子扑哧一笑，往后退了退，冲他俩吐了吐舌头，离开了休息室。

“哎，那位大哥是怎么回事啊？”

“还能是怎么回事，就是傻大个儿呗，哈！”

蔡莉轻轻一笑，走向游戏室。

“这次的任务会是什么呢？”

韩周跟在蔡莉身后，喃喃自语。蔡莉也很好奇。到了游戏室门前，紧闭的门缓缓打开。

蔡莉和韩周进入游戏室。

“哇哦，这是什么呀？”

一进入游戏室，韩周就发出了感叹。第三轮任务的车是流线型设计的卡车，车头部分像箭头一样窄且圆滑，看起来并不像普通的卡车。车身越往后越窄，看起来非常敏捷。虽然外观有些怪异，但它确实还是卡车。蔡莉长长地呼出一口气。游戏室的一角出现了文字提示：

现在卡车上装载着玻璃桶，桶里装着“K-医学研究所”试验的病毒。该病毒在受到撞击时，活性会增强，并且有可能发生泄漏，届时首尔 1/10 的人口都会在短时间内染上病毒。本次任务重大，希望大家能把这些病毒安全送到目的地，最先将其安全送达的队伍获胜。

最后一场比赛马上开始。决赛中，30 辆汽车同时出发。

文字不一会儿就消失了，蔡莉赶紧上车。游戏室里的灯随即全部熄灭。在等待比赛开始期间，不知发生了什么事，灯又亮了。广播提示声响起：“33 号参赛选手，请问需要增加队员吗？一个队最多可以有三个人，如果需要增加队员，请队长举起右手示意。”

“什么意思？”蔡莉望向韩周，发出疑问。

“意思就是，有人想加入我们队呗。”

“谁啊？应该没人想加入我们啊。”

“谁知道呢，我也不太清楚。你先举手吧，反正三个人总比两个人强。”

没想到，韩周竟然这么淡定。

到底会是谁呢？除了韩周，蔡莉也没跟别的朋友说过参赛的事情。

蔡莉正纳闷儿的时候，韩周戳了她一下。

“想什么呢？赶紧举手啊！”

蔡莉猛地举起右手，游戏室的大门缓缓打开。蔡莉吓了一跳，在门口等着的，竟然是坐在轮椅上的爸爸。

“嗯？爸爸？”

蔡莉赶紧从车上下来，向爸爸跑去。

“到底是怎么回事呀？”

“以后再说，先赶紧比赛吧，别的队都等着咱们

呢。韩周，谢谢你！”

“不客气，叔叔，这边请。”

蔡莉依然感到疑惑，这时韩周扶着爸爸坐在了副驾驶的位置上。

“难道是韩周联系了爸爸？”

蔡莉还是先坐上了驾驶座，韩周坐在了爸爸旁边的座位上。

可能因为是卡车，所以前面的座位比较宽敞，坐三个人也一点儿都不挤。三个人都坐好后，游戏室又变得一片漆黑，墙上有字在闪烁：

比赛马上开始。

然后没过多久，周围就明亮起来。蔡莉的33号汽车停在一家医院前面，导航已经把“K-医学研究所”设置成了目的地。但蔡莉对车上的各种驾驶装置感到陌生，怎么看都觉得和普通汽车有些不同。这时爸爸说：“这是自动驾驶汽车。”

“是吗？既然汽车能自己行驶，那比赛还有什么意

出发

自动驾驶模式

探索路线

提示

义呀？”

“嗯，不是这样的。即使不需要开车，你也要为汽车安全行驶创造最好的行车条件。”

“什么意思？啊，爸爸！其他汽车都出发了，我们也得赶紧出发了！”

22号卡车、19号卡车、9号卡车，看起来都差不多的卡车接连出发。蔡莉有些心急，先按下了方向盘旁边的红色按钮，开始启动车辆。

这时，爸爸着急地说道：“等一下，我们需要确认点儿事情。”

一听这话，蔡莉和韩周都一脸焦急，望向了爸爸。

蔡莉的爸爸接着说道：“你们赶紧下车检查一下卡车前后安装的摄像头和传感器，如果积了很厚的灰，就擦干净。”

“爸爸，我们现在已经比别人慢了，得赶紧出发才行。”

蔡莉的爸爸还是一如既往地谨慎。尽管蔡莉觉得应该马上出发，但她知道爸爸很固执，只好和韩周一起拿上爸爸给的手绢下车。他们俩绕了一圈，把能看见的安装在卡车前后和角落的摄像头和传感器都擦了一遍，然后赶紧回到了车上。

“现在出发吧！”

这时，导航画面出现了弹窗，是一条注意事项：

本车既可以自动驾驶，也可以由司机进行手动驾驶，但手动驾驶的距离不得超过总驾驶距离的10%。

“蔡莉，我们得赶紧出发了！”

在韩周的催促下，蔡莉赶紧随便下了指令：“向着目的地出发！”

但卡车并没有立刻出发，导航响起了语音提示：“目前为您搜索到了前往目的地的四条路线，您要选择哪一条？”

“哎哟，就走最近的那条，赶紧出发吧！”蔡莉生气地朝导航大喊。这时汽车才开始行驶。

游戏室内出现的道路是宽阔的四车道公路，路两旁高楼大厦林立。公交车、家用小轿车、出租车不时从旁边经过。这次也像在真正的道路上一样，可以真实地感受到移

动，无论是天空的颜色还是路上的行人，都和真的一模一样。也许是因为其他车早就出发了，所以道路上比较冷清。蔡莉决定加快速度。

“再开快点儿。”

听到指令，导航系统发出了“将提速约 10%”的提示音。但是没走多久车就减速了，他们看到路边在冒烟。减速靠近一看，最先出发的 19 号卡车和一辆红色轿车相撞，侧翻在地。但出车祸的不止一辆，22 号和 8 号接着又撞到了一起。

“这是发生什么事了啊？”

“蔡莉，你看那边。”

再往前面一点儿，48 号车也停在了路上。48 号看着倒是没什么问题，可一旁的摩托车倒了，穿着蓝衣服的男生摇摇晃晃，勉强地站了起来。看样子是 48 号汽车撞上了摩托车。

“这是发生连环车祸了？”

“好像是传感器出现

问题了。”

蔡莉盯着爸爸，爸爸接着说道：“虽然不了解具体情况，但 19 号汽车好像识别不了信号灯，其他车也一样。48 号车可能是没看到从一旁驶入的摩托车。”

“这些都要靠传感器感应吗？”

“当然啦！自动驾驶汽车的传感器就像司机的眼睛一样，没有人帮助的情况下，它要自行识别信号灯或判断是否有路障。如果传感器无法感应，就会发生车祸。”

“难道……”

“如果泥水溅到传感器或者采集周围信息的摄像头上，进而挡住视线，会发生什么事情呢？”

蔡莉明白了，所以爸爸才让他们两个认真检查传感器。

爸爸仔细观察了全程路况，反复放大、缩小地图。

“不行，我们得换一条路线，我们走导航推荐路线中的第四条路线。”

“第四条路线？”

蔡莉重新看了一下导航推荐的路线，第四条路线比第一条要多开足足 7 千米。

“爸爸，现在我们已经比别人慢了，还要选更远的路线吗？”

蔡莉颇有盘问的架势。

“第四条路线大部分都是智能道路，智能道路对于自动驾驶汽车是最安全的，我们一定要走这条路。”

“虽然我不知道智能道路是什么，但这样下去我们可能排不上名，还是走近路吧，况且这辆车是自动驾驶汽车啊！”

“所以说我们就更要走第四条路线。你好好想想，所有参赛选手都开着一模一样的自动驾驶汽车，这就意味着无论驾驶员实力有多强，都不能完全发挥出来，最终还是要找到最有利于自动驾驶汽车安全行驶的条件。”

按照爸爸的话，开车是汽车自己开，安全也是汽车自己负责的，为什么非要换一条路呢？蔡莉实在想不明白，所以她坚持不更换路线。

这时，语音提示响起：“除去因肇事而失去比赛资格的三辆汽车外，33 号汽车目前暂列第 27 位。”

那不就是倒数第一嘛，蔡莉眼前一黑。不知道爸爸是否理解蔡莉的心情，但他还是做主把路线换成了第四条。

“叔叔，智能道路是什么啊？”进入第四条路线后没过多久，韩周就问。

“你看我们现在走的这条路，不觉得和刚才的道路有些不同吗？”

听了这话，韩周赶紧仔细观察窗外的路。蔡莉虽然也很好奇，但什么话都没说，只是安静地待着。爸爸真是不近人情，他好像只希望安全行驶，可这是必须要赢的比赛啊！

“啊，我知道了。和我们第一次走的路相比，这条路上摄像头更多，而且 Wi-Fi 全覆盖，车道也更清晰，导航也比刚才话更多了。”

蔡莉没有留心看外面，所以并不知道摄像头是多了还是少了，但导航系统确实变得更吵了，详细地传达着路况、天气等。

“那又怎样？”蔡莉一脸不高兴，还在因为绕了远路而不开心，“我们一定得获胜……”

爸爸接着回答韩周的问题：“对。智能道路就像你看到的那样，安装了各种设备和通信设施，这些高科技仪器收集了道路上的所有信息，并实时传送给在这条道路上行驶的所有汽车。如果接收不到这些信息，再好的自动驾驶汽车也很难发挥其功能。”

“哇哦！所以交通才能这么畅通啊！”

韩周觉得很神奇，瞪大了眼睛，使劲地点了点头。爸爸咧嘴一笑。

“但是您是怎么知道这些的啊？”

“呵呵，小子，这不是理所当然的吗？叔叔开车很久了，虽然现在开不了了……如果自动驾驶汽车未来被应用到日常生活中，像我这样的人就也能开车了，所以得提前做好准备呀！”爸爸高兴地笑着回答。

蔡莉这才明白爸爸出现在汽车博览会上的原因，当时爸爸也是去的自动驾驶汽车专用展台，她莫名地对爸爸感到有些抱歉。

就在这时，语音提示响起：“33 号汽车目前排名第 17。”

突然就变成第 17 名了？一下子就提高了 10 个名次？这也太意外了。蔡莉感到很惊讶，望向爸爸。爸爸微微一笑，好像一切都尽在他的掌握之中。

“哇，真的呢！”

韩周也是一脸惊讶的表情，一会儿看看蔡莉，一会儿望向蔡莉的爸爸。蔡莉十分难为情，说不出话来，不好意思地看了半天窗外的智能道路。这时，又响起了语音提示：“33 号汽车目前排名第 13。”

蔡莉一下子打起精神来，心里非常激动，她想，如果表现得再好一点儿，就有可能入围前 10 名。

“爸爸，现在我们还需要做些什么？快告诉我，怎么才能让自动驾驶汽车既安全又快速地行驶。”

“你不说我也在想办法呢。要想进入前 7 名，我们得为汽车做点儿什么——”

可就在这时，爸爸话音还未落，车子突然来了个急刹车。

“啊！”

检测器

利用雷达掌握道路前方一千米内的路况、气象信息、突发情况等，并告知交通中心。

基站

向自动驾驶汽车实时传送精密电子地图、GPS信息。

电子不停车收费（ETC）

汽车自动支付通行费的系统。

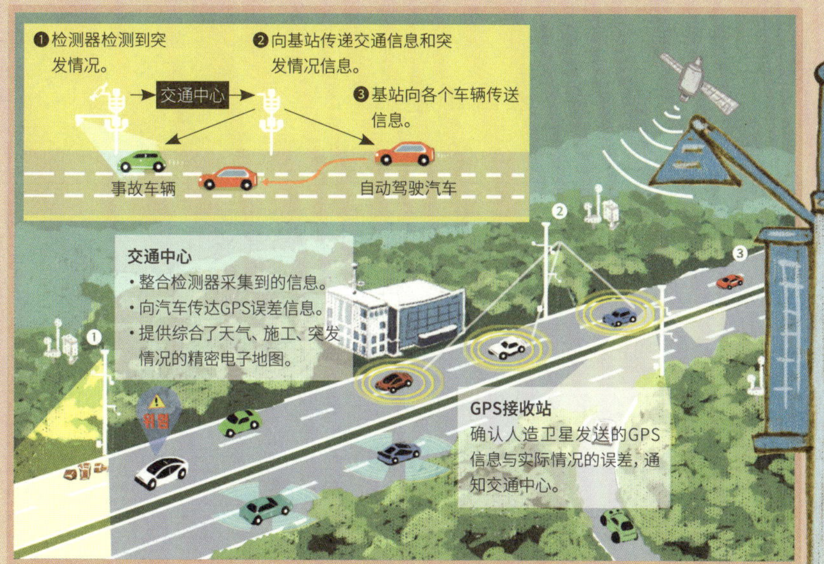

蔡莉、韩周和爸爸同时前倾。

“蔡莉，你为什么突然踩刹车呀？”脸撞到副驾驶窗户上的韩周说道。

“不是我，我没踩刹车，我压根儿没动啊，是车自己刹住的。”

“那到底是怎么回事呢？”

爸爸很不解。汽车又开始慢慢行驶了，不过速度明显降了不少。

“得开快点儿。”

蔡莉向汽车发出命令，但汽车没有听从指令。而且过了一会儿，车又像是踩了刹车一样停了下来，汽车狠狠地晃了一下。可这还没完，方向盘也开始变得不听话，来回转，汽车也随心所欲地呈之字形行驶，还走走停停的。

“爸爸……”

蔡莉有些害怕，望向爸爸。

“后面运载的病毒怎么样了？”

“目前好像没什么问题。”

韩周回答了叔叔的问题。在这种情况下，蔡莉还担心排名，不过排名并没下降，她也就放心了。

爸爸皱着眉头注视着车窗外，一一查看导航和驾驶座这边的各种装置，然后还是不解。

“哪儿都没问题啊，路况也都一切正常，内部的设备也没有问题……啊！难道是……”

蔡莉爸爸脸色突然变得有些难看。

“怎么了，爸爸？”

“是黑客……”

爸爸压低声音，没了下文。

“黑客？您是说，汽车遭到了黑客的攻击？”韩周追问。

爸爸缓缓地点了点头。

“怎么可能呢？汽车又不是电脑。”

蔡莉摇着头喃喃自语，觉得难以置信。

“虽然自动驾驶汽车和我们使用的电脑不同，但是它内部有相当于电脑的控制装置，被称为ECU[①]。ECU负责接收信息，根据各种行驶情况做出正确的判断。一辆汽车

---

① ECU（Electronic Control Unit），电子控制单元，又称“行车电脑”“车载电脑”等。从用途上讲则是汽车专用的微机控制器，也叫汽车专用单片机。——译者注

上安装了多个 ECU……”

爸爸冷静沉着地向他们解释，然后仔细观察了驾驶座前面的仪表盘，此时汽车还是走走停停的，还会突然急刹车。

吱——
嘎——
系统出现问题

什么是自动驾驶汽车？

自动驾驶汽车是指无须人亲自驾驶，可以自行行驶至目的地的汽车。汽车上安装的自动驾驶系统可准确识别和预测交通状况，避免拥堵。高端的自动驾驶汽车可以自行判断，不受交通阻碍影响而快速行驶，同时还能减少因司机犯困或超速等而引发的交通事故。不仅如此，有了自动驾驶汽车，在驾驶方面有困难的残疾人或老年人就能驾车到想去的地方，这样可以提高人们的生活质量。

自动驾驶汽车所需的科学技术

自动驾驶汽车最重要的技术之一就是传感器。传感器发挥着类似人眼的作用。自动驾驶汽车有多种传感器，应用于不同情况。主要有摄像头、雷达和激光雷达，目前使用最多的传感器是摄像头和雷达。

摄像头可从微型视频图像中识别车道，并能识别汽车、人、自行车等是否正在移动。

雷达通过发射电波，测定电波从物体上反射回来的时间，从而判断物件与汽车的距离和方向等。这样，自动驾驶汽车可以判断其他汽车或行人的动向。

激光雷达以和雷达相同的原理工作，判断周边情况。与雷达不同的是，激光雷达利用激光代替电波，通过识别物体形态的扫描功能，自动驾驶汽车可以更详细地掌握驾驶员所需的信息。

除此之外，自动驾驶汽车还配备了精密的数字地图和监测司机呼吸与心率等的座椅，以保证驾驶者舒适、安全。

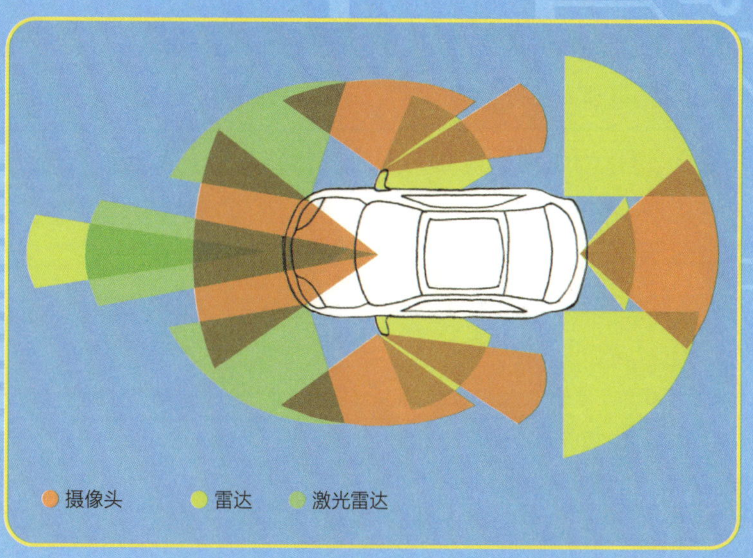

自动驾驶的 6 个发展阶段

就像课程会根据难度分为初级班、中级班、高级班一样，自动驾驶技术也有不同的发展阶段。根据自动驾驶系统的驾驶水平、司机控制车辆的程度，自动驾驶从“无自动化”到“完全自动化”，中间分为几个阶段。从 2016 年开始，国际自动机工程师学会提出的分类阶段在全球通用，从“零”到“五”，共分为 6 个发展阶段。

零级阶段：由司机直接操控所有功能，驾驶汽车。

一级阶段：司机驾驶时可使用一些辅助功能，其中最具代表性的就是，司机在变更车道时，系统会发出警报声。

二级阶段：系统辅助部分行驶，但驾驶员对所有情况负责。

三级阶段：系统在特定条件下自动驾驶。汽车可以自行变更车道，超越前车，避开前方障碍物。在本阶段，系统可

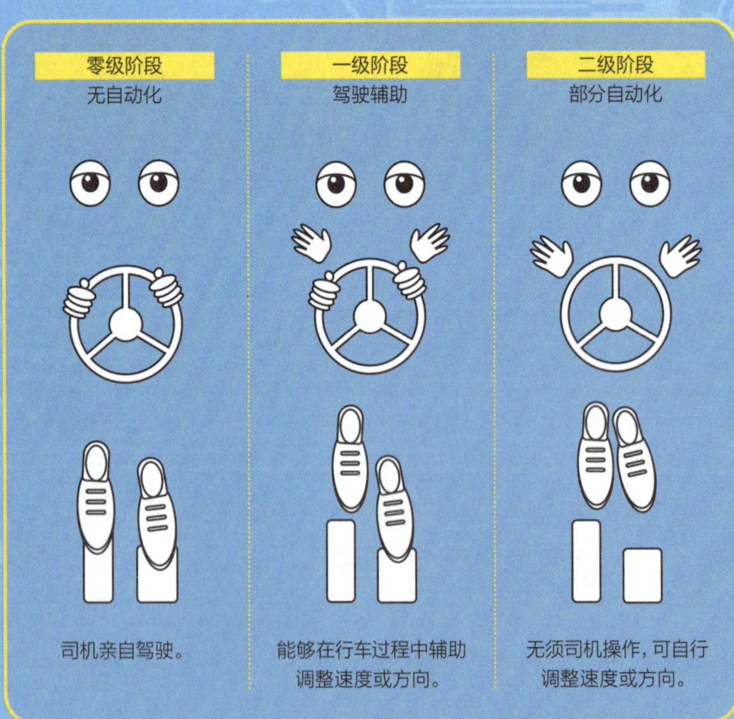

自行识别行车环境，控制汽车，但如果自动驾驶模式解除，则需司机进行操控。

四级阶段：与三级阶段相同，本阶段系统可自动驾驶。其不同之处在于，发生危险情况时，系统也能自行应对。在四级阶段，汽车可以自动驾驶的道路有所限制，而在五级阶段，自动驾驶的道路不受限。韩国的汽车公司目前正致力于开发可以在高速公路自动驾驶的三级阶段汽车，以及可以在城市中心自动驾驶的四级阶段汽车。

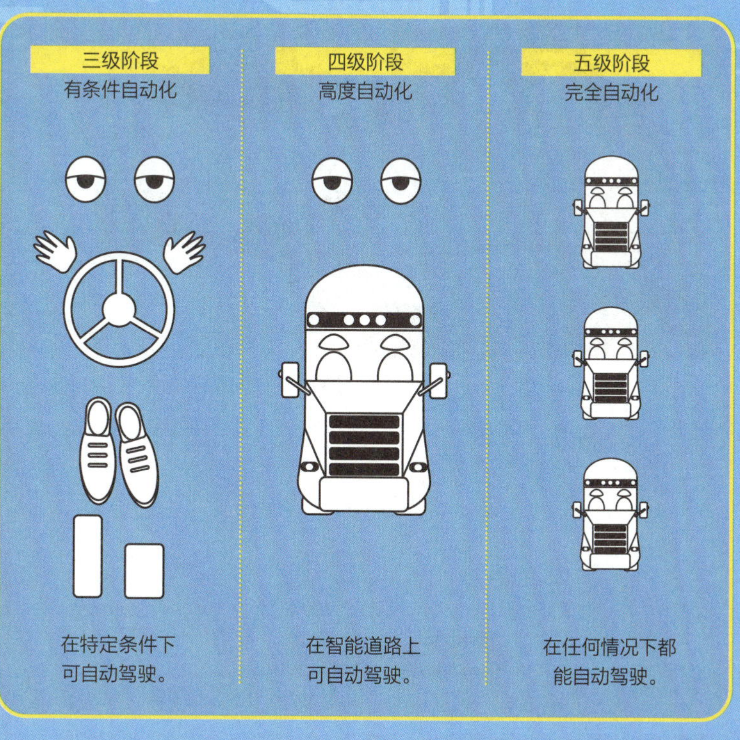

6

出发

自动驾驶模式

探索路线

第 6 章

终极比赛

肯定是被黑客攻击了，系统不听任何指令。蔡莉想起有一次电脑因为病毒死机的事情，那时电脑还闪烁着她从未看过的画面，程序被搞得乱七八糟，把她吓坏了。现在就和当时没什么区别，蔡莉更害怕了。

“怎么办呀，爸爸？”

“试试看能不能停车，因为现在汽车不听指令，所以你得用脚踩刹车。”

蔡莉按照爸爸的吩咐踩了刹车，可刹车也不听话。

“没办法了，蔡莉，换成手动驾驶模式吧。”

“啊？可现在距离终点还有很长一段距离啊……”

蔡莉想到了比赛规则——手动驾驶不能超过总行驶里程的10%，但现在没别的办法。

“换成手动驾驶模式！”

蔡莉提高音量，然后汽车一下子就停了。

“来，我们重新开始就好了，你原来不是一直都想成为赛车比赛的冠军嘛。”

爸爸眨了一下眼睛，旁边的韩周也点头附和。蔡莉改变了想法，她觉得这样反而更好，因为根据她的驾驶水平，名次有可能会有所提高。蔡莉深呼吸后换挡踩油门，汽车开始行驶，这时出现了语音提示：“截至目前，又有9队选手被淘汰，33号汽车现在排名第17。”

不知不觉，他们又快变成倒数第一了。蔡莉争强好胜的劲儿上来了，还好四车道上的汽车并不多，蔡莉稍稍加速，迅速超过了前面的汽车。

“蔡，蔡莉，是不是有点儿太快了？”

韩周的声音有些颤抖，但蔡莉装作没听见，又超了几辆车，还甩开了出租车、红色轿车和两辆公交车。

这样开了一会儿后，在轿车和公交车之间他们看到了9

号卡车，还有前面黄色出租车旁的44号卡车。蔡莉觉得，如果追上他们，她也许能进入前10名，所以她再次踩下油门。

轰隆隆!

汽车的声音越来越大，韩周的尖叫声也越来越大。

“蔡莉！”

韩周的声音在颤抖，可蔡莉不想减速，只要追上前面的卡车，就能提高名次，她更加用力地踩下油门。

这时，蔡莉的爸爸紧紧地抓住她的肩膀，虽然他什么也没说，但蔡莉仿佛听到了爸爸的声音：“爸爸相信你，女儿！”

一想到这儿，蔡莉心里突然踏实了好多。在三车道开着开着，她看到二车道上的白色轿车换到了一车道，于是她迅速进入二车道，继续加速。她看到了在右侧的三车道上的9号卡车，和它并排行驶了一段路程。不知是不是因为意识到了对手的存在，9号卡车加快了速度，但是它前面还有一辆黑色轿车，因此蔡莉轻松超过了9号卡车。

但她还没有想到超越44号卡车的方法。44号也在二车道，后面还跟着三辆汽车，前面的汽车也没有变更车道的迹象。三车道上的公交车和轿车一辆接一辆，根本插不进去，一车道又不允许卡车驶入，所以根本没办法超车。

但这时，44 号卡车右侧出现了 77 号，蔡莉突然想起来，77 号的驾驶员就是大个子。77 号卡车朝 44 号卡车方向行驶，44 号卡车被挤向一车道，因此蔡莉前面的轿车踩了刹车，蔡莉也只能跟着踩刹车。右侧并排行驶的公交车超过了蔡莉，于是蔡莉有了进入三车道的机会，她迅速把车开到三车道，直行之后又向右变更到四车道。

四车道上的车出人意料的少，蔡莉不断加速。行驶了一会儿后，她再次驶入三车道，此时二车道上的 77 号卡车就在她前方，蔡莉不慌不忙地往前开。

但没过多久，77 号卡车又强行挤进三车道，前面的红色轿车来了个急刹车，蔡莉也迅速刹车，77 号趁机一路疾驰。

“那个大哥为什么总这样，难道这都不算犯规吗？”韩周小声嘟囔。

大个子似乎想提前淘汰那些能追上自己的汽车。不能太被动，趁着前面的红色轿车驶入一车道，蔡莉赶紧往前行驶。在二车道的 77 号卡车因为从一车道驶入的大巴挡在前面而无法加速。蔡莉接着往前开，与 77 号卡车并排行驶，这时 77 路卡车的车头突然往蔡莉的方向挤。

“啊！”韩周最先惊叫。

蔡莉都没来得及观察旁边，就迅速躲闪至四车道，幸好四车道上车不多。

“蔡莉，算了吧，别超车了，差点儿就撞到别人了。”韩周说道。

终点就在不远处！

蔡莉也吓得不敢再超车了，但这时，77 号汽车又跟着驶入了四车道，挡住前路。蔡莉又变到了三车道，77 号车也跟着到了三车道。蔡莉犹豫了一会儿，又迅速变到二车道，77 号就像专门等着她一样，也跟着驶入二车道，挡住前路，甚至还踩了急刹车。

“啊！”韩周惊叫。

一直默不作声的爸爸这次也挪了挪身子。

蔡莉咽了一口唾沫，又驶入了三车道，避开前面的出租车后，又变到了四车道，果然 77 号卡车也跟了过来。蔡莉确认他跟上来后，假装要再次变更车道，实际则继续直行。结果，以之字路线行驶挡住前路的 77 号卡车晃了一下，然后撞上了左侧的紫色轿车，被弹出了车道。在蔡莉前方行驶的银色面包车紧急刹车，蔡莉惊险地避开这辆车，驶入了三车道，然后赶紧往前继续行驶。路过前方的时候，她看见 77 号卡车撞上了路边的护栏，停在原地。

“嘟噜嘟噜！”韩周冲着 77 号车吐舌头。

没过多久，蔡莉就看到了终点。心脏怦怦直跳，她用一只手轻轻抚摸了一下胸口，顺利通过了终点线，随即广播通知响起：“33 号汽车第 11 个通过终点线，综合分数排名将在比赛结束后公布，请所有参赛者在休息室等候。”

“不过你们两个是怎么回事啊？”蔡莉从游戏室出来后，一边往休息室走，一边问韩周。

韩周开始脸红，变得支支吾吾。

“啊？这个，就是……”

“其实是爸爸拜托韩周的。”

“这话是什么意思？”

“爸爸发现你偷偷地去看遥控车比赛，还去了汽车博览会，所以问了韩周，这才知道你要参加这个比赛。”

“韩周，你竟然跟我爸打小报告！”蔡莉看着韩周，提高了嗓门。

于是爸爸开始哄她：“爸爸不是说了嘛，是我拜托韩周的。爸爸只是让他多帮帮你，你交了个多好的朋友啊，他多关心你呀！”

仔细一想，第一轮比赛确实多亏了韩周才能顺利通过。不管蔡莉做什么事，韩周总是在一旁努力地帮助她，蔡莉不由自主地点了点头。

一进休息室，三个人就穿过拥挤的人群，直到坐到空位上，三人都一言不发。坐好之后，蔡莉长长地舒了一口气，爸爸先开口了。

“蔡莉，通过这次比赛你应该学到了很多吧？这真的是让人身临其境的比赛，是吧？说说感想吧，你觉得怎么样？”

蔡莉觉得很难用一句话来表达。就像爸爸说的那样，这是让人觉得非常真实的比赛，但它并不像一般的赛车比

赛那样只需要开车，而是需要考虑很多其他问题。她领悟到，开车并不是单纯靠驾驶技术。正当她犹豫着要先说什么的时候，广播响了："最终排名马上揭晓，请参加比赛的选手们通过休息室的大屏幕查看结果。"

话音刚落，休息室就变得闹哄哄的，蔡莉也赶紧站起来四处张望。休息室的大屏幕一共有四个，大家分别聚集在大屏幕前面。蔡莉靠近右边的屏幕，看到屏幕画面左边是一个穿着赛车服的女生，右边显示了排名。

"嗯？那个姐姐是上次在海报上看见过的那位！"韩周说道。

真的是韩蔡琳。但现在这不重要，大屏幕上已经公布到了第 7 名，但直到现在蔡莉的名字都没出现，她也不在后面的排名里："19 号参赛者第 8 名，88 号参赛者第 9 名，34 号参赛者第 10 名，55 号参赛者第 11 名……"

爸爸拍了拍蔡莉的肩膀。

"女儿，没——"

"我没事，没关系的，毕竟是第一次嘛，我的表现已经很不错了，对吧？"爸爸一开口，蔡莉就赶紧回答。

"嗯，当然啦！"

"你真没事吗？"爸爸又问了一遍。

蔡莉点了点头，但始终盯着屏幕。

"33 号参赛者第 14 名。"

第 14 名也不错，但蔡莉心里还是有些不是滋味。她打心眼里想进入前 10 名，因为她想向爸爸，更想向妈妈证明她能做到。但她还是没能做到，所以她有点儿想哭。

"爸爸，我……"

这时，旁边屏幕附近的人群中传来了大喊声："为什么我失去了参赛资格？除了最后一个任务，每次我都是第一。赛车比赛，只要车开得快不就行了吗？"

引起骚乱的是那个大个子。屏幕上显示，77 号、49 号参赛者因违反机动车安全驾驶规范，被取消了参赛资格。

"我就知道！"

韩周感觉大快人心，蔡莉也笑嘻嘻地望向爸爸，现在是时候回答爸爸刚才的问题了。

蔡莉沉稳地回答："参加比赛之后，我对汽车的看法发生了些变化。"

听了这话，爸爸瞪大了眼睛。

"很多司机都是为了能快些到达目的地才开车，但我现在知道了，这并不是全部。”

“所以呢？”

“我……我想制造出那种像爸爸这样残疾的人也能开的汽车，就是自动驾驶汽车。赛车手嘛，在那之后再做也不迟。”

“真的假的？”

韩周接着问，而爸爸只是微笑。蔡莉看看爸爸，又看看韩周，补充道：“我觉得在自动驾驶汽车时代，最重要的就是要制造更完美、更安全的汽车。制造性能卓越的传感器，或是为了安全行驶进行信息管理，这些工作也很重要。”

“而且要想实现完美的自动行驶，需要更加便利、具备多种功能的道路设施，所以也可以做道路研究工作。”韩周在一旁附和。

“对啊，韩周，你的电脑操作能力那么强，只要下定决心，肯定可以和我一起从事与汽车相关的工作。”

“你们要是一起研究汽车工程的话，可真是太酷了！你妈妈也会很开心的。”

“真的吗？”

77
49
取消参赛资格

到底为什么!

蔡莉本来很烦恼，不知道要和妈妈说什么，怎么说。

“嗯，你对汽车的理解更有深度了，那妈妈也肯定会理解你的想法。”

蔡莉想，要真是这样就好了。不知道是不是察觉到了蔡莉的心思，爸爸紧紧地握住了蔡莉的手。爸爸的手很温暖，温暖的指尖好像在为她加油。蔡莉鼓起勇气，握紧了爸爸的手，妈妈的脸突然浮现在脑海，蔡莉迫不及待地想要见到妈妈。

“爸爸，我们快回家吧。”

即使会挨骂，但蔡莉还是想先和妈妈面对面坐着聊一聊。用爸爸的话讲，妈妈最后肯定会理解自己的想法的。

蔡莉和爸爸一起离开了休息室，虽然失去了参加“青少年赛车手体验学习”的机会，但蔡莉的心情变得更加轻松，步伐更加轻快。

“蔡莉呀，走慢点儿！”

爸爸和韩周望着蔡莉，笑得很灿烂。

未来汽车世界的职业

如果自动驾驶汽车实现商用化，工作岗位可能会锐减。最重要的是，出租车或公交车司机会减少，道路上的交通警察也会逐渐消失。但同时，会出现与自动驾驶汽车相关的特别的职业。

汽车设计师

如果完美的自动驾驶汽车时代到来，首先乘坐汽车的概念将会改变。现在汽车的功能主要体现在为“驾驶”服务，但是自动驾驶汽车不需要手动驾驶，人们可以充分利用在车上的时间。因此，未来汽车产业最重要的职业，可能是汽车内部空间设计师。

大数据专家

自动驾驶汽车最重要的是能够与接收信息的通信技术紧密连接。因为自动驾驶汽车只有更快、更准确地掌握信息，才能安全行驶，所以需要尽快收集大数据（数码环境下形成的数量巨大的信息数据），精准分析行驶所需的信息。因此，大数据专家是自动驾驶汽车时代必不可少的职业。

信息安全专家

自动驾驶汽车根据自动驾驶算法行驶，也就是说，车内安装了性能良好的计算机。但是，在接收和发送信息的过程中，计算机存在被黑客攻击的危险。如果遭到黑客攻击，汽车可能无法启动，甚至在行车过程中发生重大车祸。不仅如此，自动驾驶汽车还记录着乘客的各种个人身份信息和生命体征信息。因此，自动驾驶程序的安全性能非常重要。

道路工程专家

自动驾驶汽车无论发展得多好，如果没有合适的道路环境，就很容易成为无用之物。也就是说，在未来，为自动驾驶汽车创造无障碍行驶的道路环境也非常重要。要做好道路修建工作，以抵御暴雨、暴雪、强风等环境，还要建立能准确向自动驾驶汽车传达多种环境信息的系统。通信设备很重要，同时道路设计也要考虑到以下问题：在车辆行驶途中也能为其提供燃料，发生交通堵塞或车祸时能够疏导交通流量。

人工智能专家

自动驾驶汽车的行驶和控制将依靠人工智能（AI）技术，但是行车所需的所有指令都由乘客下达。比如说“请送我去市政府”，或者下达“天气太热了，把空调打开”的指令，汽车就会执行指令。并且它还要准确识别乘客的状态，为乘客提供相关便利，这就需要语音识别、视觉识别等多种功能。这种人工智能可以说是制造高端自动驾驶汽车的核心技术。

软件专家

自动驾驶汽车需要多种程序，包括驾驶所需的程序，还有为乘客提供便利的程序。例如，以全息图像形式呈现导航系统，根据乘客的生物节律保持适当的车内湿度，播放符合情景的音乐，等等，这些都是软件的功劳。软件开发越多元，自动驾驶汽车的应用就会越广泛。

图书在版编目（CIP）数据

疯狂赛车安全出发 /（韩）韩净英著；（韩）金淑镜绘；李梓萌译 . -- 北京：中信出版社，2023.6
（“小学生前沿科学奇遇记”系列）
ISBN 978-7-5217-3706-6

Ⅰ . ①疯… Ⅱ . ①韩… ②金… ③李… Ⅲ . ①儿童小说－长篇小说－韩国－现代 Ⅳ . ① I312.684

中国版本图书馆 CIP 数据核字（2021）第 253770 号

疯狂赛车安全出发
（“小学生前沿科学奇遇记”系列）

著　　者：［韩］韩净英
绘　　者：［韩］金淑镜
译　　者：李梓萌
出版发行：中信出版集团股份有限公司
（北京市朝阳区东三环北路27号嘉铭中心　邮编　100020）
承 印 者：宝蕾元仁浩（天津）印刷有限公司

开　　本：880mm × 1230mm　1/32　　印　　张：5　　字　　数：100千字
版　　次：2023年6月第1版　　印　　次：2023年6月第1次印刷
京权图字：01－2021－5708
书　　号：ISBN 978－7－5217－3706－6
定　　价：19.80元

出　　品：中信儿童书店
图书策划：将将书坊　　策划编辑：张慧芳　高思宇　　责任编辑：曹威
营销编辑：杜芳　　封面设计：周宴冰